夜行秘密

そう思うと、帰りたくてもその場から動けないのだった。


英治は、凜に尋ねるより先に、自分の話をした。

「母さんが、夜になると、戻るんです」

「戻る？」

「昼間は、別の女の人。夜だけ、母さんになるんです」

「夜だけ？」

「そう。でも、頭の中はきっと、僕のことなんて1ミリも考えていないです」

急行電車が、また一本通り過ぎた。

その間だけ、二人の会話は止んだ。

「母さんはいつも、男のことだけ、考えています。一人で泣いたりしています。

僕には、どう励ましていいかも、わかんないです」

二人はその日から、
帰りたくない夕方、駅のホームで待ち合わせをするようになった。
平日いつも、同じ時間。
待合スペースは、決まって同じ温度で、閉塞感だけが漂っていた。

「このまま、どこか遠くに行きたいなあ」

「あ。そうしようよ、二人でどこかに、逃げちゃえばいい」

「そんなこと、できたらなあ」

「やろうよ。僕、お金だけは、もらってるから」

「ううん、もしも逃げ出したら、私、殺されちゃうかもしれない」

「殺すなんて、そんな」

「できるんだよ。知らないんだよ、君は。人を殺せる人って、いるんだよ」

「だったら尚更、逃げなきゃじゃん。二人だけの秘密にして、出かけようよ。

このまま、帰らなきゃいい。捕まらないところまで」

「そんなの無理。きっと、いつかは捕まっちゃうし、そしたら私、多分もう」

あの時、彼女の細い腕を、
強引にでも摑《つか》むことができていたら。

英治は何年経っても、あの短いやりとりを思い出す。

彼女との、もう戻れないやりとりを。


これからまた、夜が来る。

1. 夜　行

朝が来れば、全て、元通りだ。

岩崎凜《いわさきりん》は四肢を折り曲げ、体を丸めて硬くした。
その直後、太腿に衝撃が走る。
痛い、というより、熱い。
鉛のように重くなった男の右足が、
何度も何度も凜を蹴り上げた。
痣《あざ》は、どのくらい残るだろうか。
皮膚の内側がただれるような、鈍い衝撃が続いた。
嵐のように続く暴力を、凜はひたすらに受け入れる。
大丈夫。
朝が来る頃には、いつもの彼に戻る。朝が来れば。

夜が来れば、全部、大丈夫だ。


松《まつ》田《だ》英《えい》治《じ》は寒空の下、過ぎゆく電車を眺めていた。

母が連れてくる見知らぬ男は、終電前には帰っていく。

おそらくは、男の家族が待つ家へ。

母は男が家にいる間、見知らぬ女になる。

英治の見たことのない顔をして、聞いたこともない声を出す。

大丈夫。

日付が変わる頃には、いつもの母に戻る。夜が来れば。

朝と夜の交わる時間が短いように、
二人が過ごす時間もまた、いつも短かった。
初めて会った日、英治は、駅のホームに設置された待合スペースに座っていた。
後から凜が、その斜め向かいに腰掛けた。
それから、いくつ電車が通り過ぎても、二人は動こうとしなかった。

「誰か、待っているんですか」

英治は話し掛け、凜はそれに答えた。

「あ、いや、帰らなきゃいけないんですけど」

「けど」

「今日は、帰りたくなくて」


凜は内臓に傷がついていると、医者に言われたばかりだった。

今日も、昨日と同じように殴られたら。

2. 左恋

またハズレだ、と、宮部《みやべ》あきらは肩を落とした。宮部の事務所は、中央街の交差点からほど近くのところにある。大きな交差点は待ち合わせ場所にもよく使われるし、都心を走るタクシー運転手なら大半が知っている場所だった。宮部は道に詳しくない可能性もある運転手に配慮して、わざわざその交差点を行き先に指定した。我ながら親切すぎると思ったくらいだ。でも運転手は、宮部の配慮など気にも留めなかった。「どの道から行きますか」と聞き返すと、面倒臭そうにドアを閉めた。

「プロなんだから、黙って最短ルートを走ればいいだろうが」

宮部は思ったことをそのまま口にした。軽く舌打ちをして、大袈裟にため息をつく。運転手はすみませんと言って、すぐにウインカーを右側に出した。

最近、ハズレの運転手ばかり、引き当てる。

車が慌しく走り出すと、前の席に備え付けられた液晶画面に、見覚えのある動画広告が流れた。宮部はそれが数ヵ月前につくった自社の制作物だと気付くのに、少し時間がかかった。

この案件はたしか、広告代理店の担当営業がかなり美人で、ただ、性格がキツかったから、とにかく仕事がやりづらかった。女の顔には「案件を受注した自分が一番偉い」と常に書かれていて、クリエイティブを露骨に下に見ていた。ああいうタイプの女は大抵仕事ができないうえに、手柄は自分のものにしようとする。実際、あの営業が関わったせいで進行は遅れるばかりだったし、制作物もろくなものにならなかった。そのくせプライドは塔のように高く、打ち上げでホテルに誘っても、ハッキリ断ってきた。

宮部は女の顔を思い出して、無意識に顔をしかめた。

公開された広告を見返していても、やはり魅力に欠けている。クライアントの機嫌ばかり窺《うかが》った結果、中途半端なクオリティの作品になった。自社が作ったものでなかったら、こうして目に留まることもないだろう。熱意は早々に失われ、ただの作業と化した案件の成果物が目の前に流れている。罰ゲームでも味わっている気分だった。

宮部は、嫌なことはすぐに忘れるようにしている。最近は記憶力も低下しているようで、よく一緒に仕事をしている取引先の名前すら、あっさりと忘れる。名刺交換をしても、先方のオフィスを出る頃にはその顔が思い出せなくなる。自分の関わった仕事の大半が、世に出る頃には他人のものに見える。思い入れがないわけではない。ただ、作り終わった瞬間に興味が失せるのだ。

それはセックスに似ているな、と宮部は思う。射精した直後から、さっきまで散々揉《も》みしだき溺《おぼ》れるように舐め回した胸が、大きければ大きいほど不格好に見える。服を着ていない女の体は、冷静に見るほどだらしなく、間抜けに感じてしまう。

射精した直後にも愛おしいと思えるような女を、しばらく抱いていない。世に出た後にも思い入れがある仕事には、それ以上に出逢えていない。そのことを憂《うれ》う心の余裕すら、どこかに落としてきてしまった。

常にやってくる仕事を、ひたすらこなす。邪魔なものは排除し、終われば次に向かう。その繰り返しだけが自分を高めて、人生を充実させてくれると、宮部は信じている。しかし、その生活にも少し、疲れつつあった。来月で四十になる。ここまで体力任せで走り切ってきたが、そろそろ効率的な働き方も考えなければならなかった。

環状線は予想通りの混雑具合で、タクシーはなかなか進まない。とはいえ、別に急ぎの案件があるわけでもないので宮部が焦る必要もなかった。

昨日の酒が、まだ残っていた。運転手の話を無視して、宮部は十五分眠った。

事務所の入ったビルの前に着くと、エントランスにマネージャーの姿が見えた。中央街の交差点から三分歩いただけで汗が噴き出てくるこの季節に、薄黄色のカーディガンを羽織っている。

コンビニ袋を手にぶら下げているのが、目についた。遅めの昼食だろうか？　市場調査が目的なら構わないが、理由もなくコンビニで飯を済ませるのは許し難いと、宮部は思った。

何かを作る仕事をしている以上、いかなるときも探究心を失ってはならない。中央街には無限にレストランが存在していて、どんな店でヒントを得られるかわからないのだ。片っ端から足を運ぶべきであり、それができないほど金銭的にも時間的にも余裕がないのなら、仕事を回すのが下手な証拠だと、部下には再三注意していた。時間や金銭に縛られて生きる人間を、宮部は心底哀《あわ》れんでいた。

「新規案件のお返事が、四つ溜まってます。競合チェックはどれもクリアしていたので、受けるかどうか、ご確認いただきたいです」

　挨拶もなしに話し出すことを、宮部は気に留めない。要件だけを話せと社員にいつも言っているので、むしろ正解に思う。マネージャーとはもう四年の付き合いになるが、これまで大きなミスもなくこなしてくれているので、心地良い。その心地良さに惹《ひ》かれて一度抱こうとしたこともあるが、自宅の玄関まで来ておいて断られたので、それっきり夜の誘いはしていない。昼間の関係だけで成り立っている。それはそれで、宮部にとって稀有《けう》な存在だった。

「面白い案件ありそう？」

　エレベーターに乗りながらマネージャーに尋ねる。あのタクシーアドのようなお堅い案件なら断ろうと思った。あまり金にならなくとも、今はもう少し退屈しない、派手な企画を考えたかった。

「派手なやつってことなら、一つだけ。アーティストのＭＶ制作の依頼が来ています」

「お。有名どころ？」

「まだデビュー前なのですが、ブルーガールって、ご存じですか？」

「おー、バンドの？　ＳＮＳでカバーされまくってるやつじゃん」

「そうです、そうです。そこから、新曲のＭＶ制作の依頼です」

「俺に？」

いい度胸だな、と、宮部は感心した。宮部は受注金額の大きさよりも、新たなことに挑戦するような仕事に燃える。とくに快感を覚えるのは、逆転劇を演出できたときだ。弱者が強者に勝つ物語を、世界は求めている。まだ若い、メジャーにも出ていない新人が、仮にも世界規模で仕事をすることもある宮部にミュージックビデオの制作を依頼してきたことは、生意気だが良い一手だと宮部にも思えた。

宮部は会社の代表でありながら、初回のオリエンは必ず自分で行くと決めている。それはクリエイターとしてのプライドと、社員には任せられない不安からくるものだ。自分より優秀な人間が社内にいないことは、会社としては将来リスクになるとわかっている。それでも採用はこの数年間、思うように進んでいなかった。

得意先からプロジェクトの目的や予算を聞いている間、宮部はその仕事に、宇宙の隅まで触れられそうな無限の可能性を感じる。しかし、案件を会社に持ち帰り、あれこれと議論をぶつけているうちに、尖っていたはずの企画は徐々に丸くなり、現実的なところまで萎《しぼ》んでいってしまう。世に出た作品がどれだけ優れた企画だと言われても、あの宇宙の端を見るような、無限の可能性を感じられる瞬間には敵わない。制作物が完成した時にはすでに、宮部はその仕事に愛着をなくしている。

今回こそは、と思いながら、事前に配られた資料に目を通す。ブルーガールはまだ若いバンドだ。どのような作品が良いだろうか。デスクで資料を眺めながら、脳を回転させる。大きな窓から西日が強く差していて、この時間にやっとデスクについたことを、太陽が羨《うらや》んでいるようにも見えた。これが俺の生活サイクルなのだから、文句を言わないでほしい。宮部はカーテンを閉めて、改めて資料を眺めた。

社員のいるフロアの電気が消えて、初めて二十二時を過ぎたことに気付いた。この時間まで仕事に没頭していたことに、宮部は驚く。最近は、集中力が途切れがちだ。何をしていても別のことに気を取られるし、プレゼン中にすら他のことを考えていたりする。その原因が疲れにあるのか、この仕事への飽きにあるのかは、自分でもわからない。

しかし、今日は久々に脳をうまく使えた気がする。よほどうまく緊張できていたのか、自覚した途端、腹がブググと音をたてた。朝から何も食べていないことに気付く。宮部は帰り支度を早々に済ませ、事務所を出た。

夏の夜の中央街は、トラックの排気口の前に立ったような、不快な風が絶え間なく吹いていた。アスファルトは日中に溜め込んだ熱を延々と吐き出し続けていて、歩道は香水と嘔吐物《おうとぶつ》が混ざったような匂いが立ち込めている。

宮部は中央街の交差点まで出ると、携帯電話を開いた。社交辞令を含めたものもあるが、今夜もいくつかの飲みの誘いが来ている。その中のひとつに、ナイトクラブのＵＲＬがあった。数年前に宮部が脚本を務めた映画の主演俳優と、そのプロデューサーが飲んでいるらしい。プロデューサーはともかく、あの俳優とはまた仕事をしたかった。久しぶりの再会に、心が微《かす》かに躍った。

ナイトクラブは、交差点から徒歩で五、六分のところにある。宮部は数歩進むたびに匂いすら変わっていく中央街を緩やかに歩いた。途中、スーツ姿の男を何人も見かけて、仕事の効率が良くなるわけでもないのに夏場にジャケットまで着込む頭の悪さに辟易《へきえき》した。

宮部は秋口まで、ショートパンツとビーチサンダルで過ごす。リラックスした状態でいないと、アイデアは出てこないのだ。だが、果たしてこの格好でナイトクラブに入れるだろうか？　前は知人が顔を利かせてくれたが、あのクラブは、ドレスコードが厳しかった気がする。今度、ビーチサンダルと革靴が並んだ画を、どこかで撮りたいと、宮部は思った。

クラブのエントランス前に着いて、プロデューサーにメッセージを送る。すぐに折り返しで電話が掛かってきた。このプロデューサーは電話が好きだったな、と、宮部は思い出した。

「大事な話なので」と急に電話を掛けてくる人間を、宮部は信用できない。大事な話こそ記録に残すようにメールやメッセンジャーを使うべきだし、口頭で片付けたくなる話には大抵、後ろめたさや利己的な狙いが隠されていると考えている。

「あーもしもし。着きましたか？　じゃあすぐ迎え行くんで」

大音量で音楽がかかっているせいで大半は聞き取れなかったが、おそらく、男はそう言った。こうして騒がしい場所で電話を掛けてくるような配慮のなさが、やはり気に食わない。

「あー、お疲れ様です！　お久しぶりです！」

怒りを処理できぬままエントランスの傍に立っていると、すぐにプロデューサーが警備員の脇を潜《くぐ》って現れた。

「あーどうも。あの、電話やめろって前に言いませんでしたっけ」

「あ、そうか、いや、すみません！　急ぎかなと思いまして！」

　年上のくせにヘコヘコとする態度も、軽薄に映ってしまう。宮部が脚本を書いた映画は、主演俳優がこちらの希望通りの人選となった。それはこのプロデューサーの手腕があってこそだったから、一目置いてはいる。とはいえ、プライベートまで積極的に関わりたい人間ではないと、宮部は改めて思った。

「いやー来てくれるとは思わなかったすよ！　六年ぶりですよ、三人で飲むの」

　六年。当時はまだ三十代前半で、二日、三日の徹夜なら勢いでなんとか乗り切れていた。最近はそこまでの体力もなければ、熱量を持つことも難しく感じる。ヒットを記録したあの映画を作れたのも、年齢に助けられた要素がおそらく大きい。

　加齢を感じる一方、そういえばこのプロデューサーは全然老けないなと、宮部は肌艶《はだつや》の良いその顔を、じっくり観察した。

「アイツも喜んでましたよ。三人とも、あれからだいぶ出世しましたから。まあ、圧倒的なのは宮部さんでしたけど」

　自身初となる長編映画の脚本で、宮部はいきなり複数の脚本賞を受賞した。ただの無名映像作家だった人間が、一夜にしてスターになる。時代の追い風を受け、宮部を取り巻く環境は激変した。勤めていた映画製作会社を退職し、家賃相場が最も高いといわれる中央街に個人事務所を構える。前職で優秀だった部下三名をヘッドハントしたほか、複数の社員を雇い、映像制作、脚本、コピーライティングなどの広告制作を手がける会社として、巨額の利益を生み出した。海外アーティストのミュージックビデオを担当したことからグローバル案件も増え、三十代のうちに、業界の第一線を走る人間としてメディアにも度々取り上げられるようになった。

　主演を務めた俳優も、宮部との作品以降、仕事が途切れることがなくなった。ドラマや映画で主演クラスの配役を務めることは茶飯事となり、番宣がなくともバラエティやワイドショーに対応できる仕事の幅広さにも注目が集まった。有名女性誌の「抱かれたい男ランキング」で二年連続の一位を取ったときは、流石《さすが》の宮部も嫉妬した。

　二人に比べて大した変化がなかったのが、宮部の隣にいるプロデューサーである。そもそも映画プロデューサーという仕事は監督や脚本家に比べて、さらに黒子的な側面が大きい。メディアから注目されるほどの存在となるには、相当な数のヒット作を生み出さなければならない。このプロデューサーも、宮部と組んだあの作品が出世作と言われたきり、それにしがみつくように生きているようだった。モノづくりをするあらゆる人間は、代表作を持つことを目標としがちだ。実はそれよりも、代表作を更新することの方が遥かに困難であることを、宮部はよく知っている。

　人には平等に運が降りてくると、宮部は信じている。ただ、その運を逃さず、しっかりと掴みきることができるのは、一握りの人間だけだ。宮部やあの俳優は、そのセンスがあった。このプロデューサーはチャンスをモノにしきれなかったのだ。宮部は目の前の男を哀れんだ。

「あ、ドリンク、あっちです。フードもちょっとはあるみたいですよ。俺たち、一つ上のソファ席いるんで、上がってきてください。オンナ口説くのはその後にしてくださいよ！　なんつって！」

　軽薄な笑顔で去っていくプロデューサーに、興醒《きょうざ》めしている。あの俳優とは久々に近況報告などを交わしたかったが、間にあの男がいることで、いちいち話がつまらなくなりそうだった。フロアを見渡すと、平日なだけあって、暇で金がなさそうな人間が溢れている。ＤＪまで哀愁が漂って見えるのは、かかっている音楽がドゥービー・ブラザーズだからか。先ほどまで高揚《こうよう》していた気分が一気に削《そ》がれていることに気付き、宮部は適当に女でも連れて、自宅で酒でも飲みたくなっていた。


　宮部はクラブやライブハウスにいる女性バーテンダーによく好意を抱く。こういう場所で働く女の多くは、派手に遊ぶ金はない代わりに、レコードショップやライブハウス、映画館に通うのが好きで、宮部のようなクリエイターを崇拝してくれる。ブランドものや高級レストランに金を使うよりも、コンテンツやカルチャーに身銭を投じるような人間の方が、自分を拒むことは少ない。経験上、そのことを知っている。きっとカウンター越しにいる店員も、宮部の作った映画やミュージックビデオを何本かは見ている。何度かこちらの顔を見ていたから、目の前の男が宮部あきらだと気付いているだろう。

　さて、どのように声を掛けようか。バーテンダーを自宅に連れ込むための戦略を考えていたところで、隣に並んでいた別の女が、突然声を掛けてきた。

「宮部あきらさんですよね？」

向こうから声を掛けてくるタイプの女は、大体は握手かサイン目的のミーハーだ。動員数が飛び抜けて多かった大衆作品しか知らないくせに「大ファンです」と抜かしてくる。宮部は上辺だけを撫でられたような気がして、そういう女と話すのが苦手だった。

適当に受け流して、バーテンダーの女に声を掛けよう。目の前でサインを書いている姿でも見せれば、俺が宮部あきらであることに彼女も確信が持てるはずだ。あとは彼女の勤務時間が終わるまで待って、家に連れ込めばいい。

頭の中でストーリーを組み立てながら、宮部は隣の女に生返事をする。どうせ三分後にはいなくなる女だからと、最低限の愛想笑いを浮かべた。

しかし、女から飛び出した台詞《せりふ》は、宮部の予想を大きく裏切った。

「宮部さんの書いたコラム、好きです！　映画批評の連載の、ヒッピー文化の考察のやつとか、最高でした！」

宮部は半分趣味で、怒られることはあっても褒《ほ》められることはないコラム連載を続けていた。特に映画批評のコラムは、業界関係者から毎回非難が寄せられるほど、言いたい放題書かせてもらっていた。

宮部は呆気に取られたまま、答えた。

「あのコラムを褒められたのは、初めてだ」

「え、本当ですか⁉　それって、アタシがズレてるってことですか？」

「いやいやいや、そうじゃない」

普段なら、こういう頭の悪そうな喋り方をする女に、興味を示さない。広い額を見せつけるように中央で分けられた前髪も、やや吊り気味な目も、決してタイプと言えるものではなかった。でも、あのコラムを好きという人間には、何か自分と近い要素があるのではと、宮部は期待した。富永《とみなが》早苗《さなえ》と名乗ったその女に、宮部は応えた。

「君がズレてるのだとしたら、あれを書いた俺もズレてるってことになるから、つまり、俺たち二人だけ、世界からズレてるんだと思う」

女は宮部から視線を外して、堪《こら》えきれない様子で笑った。宮部は不可解に思ったが、不快には思わなかった。女は言った。

「宮部さんて、きちんと宮部あきらっぽいことを言うんですね」

女の笑顔の質が変わったことを、宮部は見抜いた。心を開いた人間が見せる笑顔というものを、宮部は知っていた。

「よかったら、映画の話とかしようよ。奢《おご》るから」


雨が降ったのだろうか。丑《うし》三つ時を過ぎた中央街通りは、僅かに気温が下がっていた。道路を照らすオレンジの街灯が、濡れたアスファルトに色を付けている。中央分離帯の傍に、ボロボロのスニーカーが片方だけ落ちていた。

「早苗さんは、どこに住んでるんだっけ？」

ナイトクラブから出てきたばかりの早苗に、宮部は尋ねた。この質問は、さっきもした気もする。脳が重たく、あまり覚えていない。

「友達と三人で、港南線沿いに住んでます。中央街一丁目まで出ちゃえば、一本です」

「あー、そうなんだ」

「宮部さんちは、この近くですか？」

「うん。タクシーで、すぐそこ」

外に出て初めて気付いたが、早苗の胸は、Ｔシャツ越しでもハッキリとわかるほど、ふくらみが大きかった。太っていると思っていたが、胸が大きいせいでそう見えていたのかもしれなかった。彼女は暑がりなようで、歩き始めてすぐに、首筋に汗を光らせた。首筋から鎖骨に流れる汗が、妖艶《ようえん》に思えた。

「俺、そこの交差点でタクシー乗っちゃうんだけど、よかったら、うちに来ない？」

中央街交差点を指差しながら、宮部は早苗を誘った。早苗はかなり酔っているようで、その言葉がちゃんと聞こえたのかもあやしかった。

にっこりと笑ってから、早苗は言った。

「宮部さんって、恋人いますか？」

ストレートに恋人の有無を聞かれたのは、久しぶりだった。しかし、特定の恋人も配偶者もいない宮部は、素直に答えるほかない。

「しばらく、いないかな」

「じゃあ、今日みたいに、女の子を取っ替え引っ替えしてるってことだ」

「言い方が良くない」

が、間違いでもない。

「アタシも、恋人とか別にいなくていいなあって思ってます。子供が嫌いだから結婚もしたくないし、恋愛とかも、面倒くさいし」

「わかる」

「アタシたち、やっぱりズレてるのかもしれないですね」

恋人がいらないと思っているなら、尚更抵抗はなかった。宮部は改めて、早苗を誘った。

「うち、来なよ」

車が二台ほど、通り過ぎた。次に来たタクシーに向けて、宮部は手を挙げた。

*

蟬《せみ》の声が窓越しに響いて、そのけたたましさにたまらず目を覚ました。

ベッドの右の棚に置いてあった時計が、見当たらない。ブラインドで分割された陽の光を追う。西日だ。かなり深く寝てしまったようだった。

体中が渇いていて、喉《のど》がやけに痛い。何か飲もうと体を起こして、宮部は早苗がいないことに気付いた。

慌ててベッドから降りる。鋭い頭痛がした。そこまで飲んでいただろうか。つけっぱなしのエアコンのせいかもしれない。冷蔵庫からペットボトルの水を取り出すと、そのまま口を付けて飲んだ。

昨夜の記憶を思い起こす。タクシーに乗った早苗と、そのままマンションに向かった。玄関に入ってすぐに服を脱がそうとしたけれど、やんわりと断られたことを覚えている。

キスだけはした。たった一度だけだ。でも、そのキスで、俺たちはきっとさまざまなことで相性が良いのだと、なぜか宮部はそう直感した。そんなことは初めてだった。

早苗も、そのことに気付いたみたいだった。二人はその瞬間、確実に戸惑って、少し怖がっていた。これまで、少なくはない数の異性と関係を持ってきたはずなのに、たった一度唇を重ねただけで、全身に電気が走るような感覚を覚えたのだ。

それから宮部は、意識的に彼女の体に触れるのをやめた。部屋にあったバカルディを空けて、映画の話を少しして、以前コラムで取り上げたモノクロ映画をソファに腰掛けて観た。久々に観始めると途中でやめる空気にもならず、エンドロールを眺めながら、二人はその作品の考察を交わした。宮部はその時間が、ほかの女と体を重ねるよりも、何倍も魅力的に感じられた。そんな経験は、しばらくしていなかった。思えばナイトクラブから、ずっと話は尽きることがなかった。そのまま跳ねるように会話が続いて、気付けばまどろんで、眠ってしまったのだろうか。

おそらく肝心なところで、記憶が途切れている。部屋着に着替えたタイミングも覚えていない。

部屋を見回すと、ダイニングテーブルの上に、映画の台本が置いてあった。六年前に脚本を担当した、宮部の出世作と言われた長編映画のものだ。その裏表紙に、サインペンで何かが書かれている。宮部は古い台本を手に取ると、文字を追った。

『やっぱり私たちは、ズレてるんだと思います』

その一文のあとに、連絡先と「富永早苗」というフルネームが添えてあった。

ナイトクラブで出逢うような女とは、一夜限りの関係で十分だ。いつもはそう思うのに、なぜかこの時、宮部はすぐにまた早苗に会いたいと思った。

現実は、頭痛だけがひたすら脳を襲っていた。

事務所に着くと、いつも通りマネージャーが声を掛けてくる。少し疲れた顔をしているように見えたが、それはこちらも同じだ。宮部は早苗との記憶を探るのに集中したかった。二日酔いの不機嫌を隠さず、そのままマネージャーにぶつけた。

「今日、調子悪いから。急ぎじゃないなら、全部明日に回して」

マネージャーは顔色一つ変えずに、すぐにそれを受け入れる。

「では、一つだけ。ブルーガールのデモ音源がきたので、それだけ転送しておきます」

宮部の返事を待たずに、マネージャーは社長室を後にした。宮部はその後ろ姿を見送ってから、だらりと席に着く。

シャワーは浴びたはずだ。それなのに、体に早苗の匂いがこびりついている気がする。綺麗な匂いでは決してなかった。もっと生々しい、汗まじりの皮膚そのもののような匂い。でもそれが、決して不快にはならなかった。むしろその匂いで、宮部の下半身はわずかに反応していた。体が覚えている。ということは、やはり、抱いたのだろうか。宮部は携帯電話を取り出して、映画の台本の隅に書かれていた、早苗の連絡先を入力した。

「恥ずかしいくらいに、昨日のことを覚えていないんだけど、大丈夫だった？」

この文面が正解かどうかを考えるのも、面倒だった。送信ボタンを押して、テーブルの上に投げ置く。リクライニングに身を任せると、そのまま深く眠れそうな気がした。

ＰＣを開くと、マネージャーからブルーガールのデモ音源が送られてきている。頭が働かないのなら、耳くらいは働かせようと、宮部はＰＣにイヤホンを繋いだ。

再生ボタンを押すと、イントロから平凡な四つ打ちが聴こえてきた。構成もサビのメロディラインも、邦楽にありがちだ。前に聴いた曲はまだ尖っていた気もするが、この曲は、売れようとするあまり、バンドの持っているオリジナリティが完全に死んでいる。

アーティストは、市場が求めるものと自身が作りたいものとのギャップに苦しみ、悩む生き物だ。その二つが合致する期間は、トップアーティストでもあまり長くはない。大体はバランスを崩して、売れなくても好きなものを作るか、徹底的に市場に媚《こ》びたものを作ることになる。

宮部は後者に傾倒する人間が嫌いだった。市場が求めるものを狙って作る、なんて芸当は簡単にできやしない。魂を売ったところで誰の心にも響かない駄作が出来上がるだけである。ブルーガールという若いバンドから、早くもその匂いがした。宮部は楽曲を最後まで聴かずに、イヤホンを放り投げた。

勢いをつけて立ち上がると、そのまま社員のいるフロアに向かう。マネージャーの姿を確認しないまま、宮部は声を荒らげた。

「ブルーガール、この曲だったらやらねえって先方に伝えて！」

フロアが一瞬静かになる。慌てる素振りもなくこちらに向かってきたマネージャーに、苛々《いらいら》した。

「お前これ聴いた？　酷《ひど》いと思わなかった？」「いえ、悪くはなかったかと」「いや、悪いよ。めちゃくちゃ劣悪じゃん。耳どうかしてるって。こんな曲のMV作ってもダセぇもんしかできねえよ。俺に恥かかせるなって言ってるじゃん。なあ。得意先との適当な伝言ゲームさせるために雇ってんじゃねえんだよ。頭使えよ、少しは。顔ばっかり良くてもキャバ嬢とかにしかならねえだろ？　それとも枕営業でもしてくれんの？　なあ」

言いたいことが自分でもよくわからない。けれど、止まらない。マネージャーは頭を少し下げてから言った。

「すみません。では一度、ブルーガールと打ち合わせの場でも、設けさせていただけませんか。本人たちも、理由を聞かないと納得できないかと」

「いいだろハッキリ言っとけば。ミーハーなファンを踊らせるための売れ線音楽作りてえんだったら、俺みたいな本気でクリエイティブやりたい人間の視界に入ってくるなって伝えろよ。ガキだから何もわかってねえんだろ、きっと」

富永早苗に会いたいと思った。こんなに苛々するために生きているわけではない。優れた制作物を作りたいだけなのだ。宮部は威嚇《いかく》するようにため息をついてから、社員フロアを出た。エアコンが壊れているのか、社員フロアはやけに蒸し暑く感じた。

携帯電話を覗くと、通知が一件来ていた。

「楽しかったから、また話聞いたり、ご飯行ったりしたいって思ってたところです」

今度こそ、全部覚えていたい。宮部は強くそう思った。

3. 夜風とハヤブサ

雑誌のページをめくった途端、一瞬、目が合った。そんな気がした。怖くなって、一息で別の特集までページをめくる。大丈夫。アタシは何も見ていない。

とっさのことに驚いたせいか、心臓が萎む音がした。深く息を吸って、元の大きさにふくらむのを待つ。落ち着いたところで、ページをめくるのを再開した。

指は、モノクロに印刷されたコラムコーナーで引っかかる。このページなら、大丈夫。宮部さんは、この雑誌に連載を持っていない。

ページを開いて、眺める。まずは見出しだけを見て、気になったものがあれば、本文を追う。すると、勘違いであってほしかった。そこにもやはり、彼の名前が見えた気がした。横目で確認すると、「宮部あきら」と、太字ではっきり書かれている。「新連載！」と仰々しく横に添えてあった。

これはもう、逃げきれない。アタシは自分の運の悪さに呆《あき》れた。半笑いで、雑誌を閉じる。

『やっぱり、音楽が好き』

表紙の特集名が、純粋さを演じているようでいて、フォントは妙にいやらしい。毎月、この美容室に来るたびに読んでいた雑誌のはずなのに、今月号は決定的に馴染めない。

　雑誌から視線を外すと、自分以外の客が誰もいないことに気付いた。暇を持て余したスタッフが、受付で談笑している。いっそアタシもいなければ、伸び伸びと話せるのだろうか。カラー剤の匂いだけは変わらず漂っていて、頭上には、ストーブのような機械がぐるぐると乾いた熱を吐き続けていた。土曜日の昼間にこの空き具合で、美容室という業態はやっていけるのだろうか。

　手元に置かれた雑誌に、再び目をやる。普段、カラーやパーマのときは、二、三冊の雑誌を手元に置いてくれるのに、今日はなぜかこの一冊だけだ。

　よりによって、宮部さんが二度も登場する『やっぱり、音楽が好き』特集号。

　アタシはやむを得ず、再び雑誌を開いた。巻頭特集で、複数の文化人や著名人のインタビューが載っている。そのうちの一人に、宮部さんがいた。映像作家の肩書きで紹介された宮部さんは、世間の全てを見下したような目で、こちらを見ていた。

　ついつい、こういう写真を使いたくなるんだよな。

　フォトグラファーの狙いも、この写真を選んだ編集者の気持ちも、アタシには透けて見えた。自分だったら、こんな写真は使わない。このカットは、世間がイメージする「宮部あきら」に、引っ張られすぎているからだ。ジャケットとかも、着せない方がいい。宮部さんにはいつもどおり、ハーフパンツとサンダルに、首元が開いたTシャツを合わせるべきだ。

　あの人はリラックスした格好のときの方が、よっぽど賢そうな顔をする。無理にジャケットを羽織らせると、ついつい「デキるビジネスマン」みたいな顔をするんだ。スタイリストも、そのことには気付いていないんだろう。だからこんな、堅苦しい表情でしか写せない。

彼はビジネスマンではなく、クリエイターだ。たとえばアタシがフォトグラファーなら、彼を屋外にでも連れ出して、海の見える美術館とかに行って、夏っぽい雰囲気で撮ったりする。実際、美術館に併設された庭園で彼を撮ったとき、アタシは、どんなメディアもファンも知らない、ほんとうの宮部さんを撮れた気がした。あの写真とかが、きっといい。フォトグラファーも雑誌編集者も、宮部さんの本当の姿を知らないんだ。

会ったこともない写真家と編集者に、腹を立てている自分に気付く。それは宮部さんの見せ方に不満があっただけではない。宮部さんと同じ現場にいて、同じ空気を吸っていたことへの嫉妬だと、わかっている。

誌面に写る宮部さんの眼差しが、ギラギラと尖って光る。あの人があらゆる物事に対して高圧的な態度を取ってしまうのは、彼特有の〝目〟を持っているせいだ。

宮部さんには、物事の真理が透けて見えている。世界がどのように動いていて、自分がどのように動けば、目標に辿り着けるのか。ゴールまでのルートのうち、極めて効率的な、正解とされる道だけがあの人には見えている。

その目のおかげか、その目のせいか。彼は正解がわかっているから、他者が不正解を選ぶことを許せない。他人に厳しくなってしまうのは、あの目が全ての原因なのだ。最短ルートを目指さない人間を、心から嘲笑《あざわら》う。目標に辿り着けない挫折者を、愚かだと切り捨てていく。

だから、彼はカメラから視線を外した時や、こちらを見ていない時の方が、純粋な一面を覗かせる。目を合わせてはいけない。そっと覗き見しているくらいが、「宮部あきら」ではない彼の本心が見えるのだ。

インタビュー本文にも、ざっと目を通してみる。受け答えの仕方は、いつも通りだ。内容は、いつもアタシに話してくれていたことと、アタシには一切聞かせたことのない話が、交互に続いていた。聞いた話を読むたび、優越感のようなものが訪れて、知らない話を読むたび、宮部さんがいつ、どこでそんなことを考えていたのかと、不安になる。一緒にいた二ヵ月の間、宮部さんは自分の考えをよく話してくれた。アタシ自身について尋ねることはほとんどなかったし、助言や意見を求めてくれたことは一度たりともなかったけれど、彼がどんな音楽を求めていて、どんな映画を退屈だと思い、どんな文学を好んで、どんなネット記事に憤っていたか、いつも話してくれていた。どこの天ぷらが美味しく、どこのレストランの接客が劣悪で、どこの陶磁器が美しく、どこのホテルが安っぽいと感じたか、その考えをずっと共有してくれた。

趣味、嗜好《しこう》、性癖、偏見、持論。あらゆる情報を、細かなことまでアタシに話してくれていると、思っていた。そんなアタシでも知らない話が、雑誌に展開されている。宮部あきらという人物は、どこまで未知の領域を隠し持っていたのだろう。

インタビューのどこかに、アタシについての何かがひっそりと書かれてやしないかと、今度は記事の端まで目を走らせてみる。どんなことでも良かった。昔別れた女として描かれていてもいい。一緒に宮部さんの部屋で観たモノクロ映画の話でもいいし、関係者枠で入れてくれた、人気アーティストのライブの話でも良かった。宮部さんの頭のどこかに、自分がいやしないかと、探ってみた。

　でも、それらは一つも出てこない。宮部さんは宮部あきらとして、真っ当な発言を終始続けた。このインタビューに向き合う宮部さんの瞳に、アタシは一ミリたりとも映っていない。仕事なのだから、それが当たり前だし、それこそが宮部あきらという人間であることを、アタシも知っていた。その事実を思い知ることになるから、アタシは雑誌やテレビに出る宮部さんの姿を、見ないようにしていたんだ。

　あと一度でも、宮部さんの姿や考えに触れてしまえば、彼のところに帰りたい気持ちが、また渾々《こんこん》と湧いてきてしまう。欲は一見、澄んだ水のように無色透明で、無害なように思える。でも、実はどろどろと粘性を持って、今にも絡み付こうとしていることをアタシは知っている。今は、その欲が死ぬまで、アタシは宮部さんから距離を取って生きなければならない。

　美容室を出ると、絵の具で塗ったようにベタっとした青一色の空が、頭上に広がっていた。九月の終わりに雨が降ったかと思うと、季節は突然姿を変えて、街は歩く人の数が増えた。昨年あまり出番がなかった薄手のコートが、心地良い風を受けて喜んでいた。

　それでも気分が乗らないのは、きっと、過ぎた季節が愛おしいからだ。汗っかきゆえに厄介なことも多いけれど、夏は一つの生命体として、心と体が開放的になっていくのを感じられる。だから夏が好きだった。

ある日、そのことを宮部さんに伝えると、あの人は「ふうん、そう」と目も合わさずに返した。その後、付け加えるように「ああ、でも、俺も夏が好きかな。薄着でいられるから」と言って、すぐにアタシの服を脱がそうとしたんだ。その行動もまた、あの人らしさで溢れていた。乾いた空気が肌を撫でる。誰かと手を繋ぎたくなった。JRで二駅乗れば、すぐに待ち合わせの場所に着く。約束の時間まではまだ余裕があるので、一駅ぶんくらいは歩いても良さそうだ。

　隣駅までの距離を確認しようと、携帯電話を開く。一通のメッセージが届いていて、もちろん、宮部さんからではなかった。

「ごめんなさい、十分程度、遅れそうです」

　今日、会う予定の人からだった。まだ直接会ったことのない、テキストと写真でしか、やりとりしたことのない人。直接会ったこともないくせに、アタシと付き合いたいと言ってきた人。

　アタシも、誰でも良かった。隙間《すきま》風を塞《ふさ》ぐために窓の縁にダンボールを押し込むような、軽い防衛手段に近かった。宮部さんと別れて以降、心のささくれを、いつまでもむしられていく感覚があった。それをできるなら早めに、誰かに止めてもらいたかった。

「誰でも良かった」と言う人の大半が、本当は誰でも良くないように、アタシもそれなりに相手を吟味した。そこそこの顔面と、そこそこのステータスと、そこそこのユーモア。万が一、初対面にして一緒に朝を迎えるようなことがあったとしても、自尊心が傷つかない程度の相手。マッチングアプリを使うのは初めてだったが、目的はなんであれ、複数の異性から同時多発的に興味を示してもらえるのは、それだけで自尊心が回復するような、不思議な感覚があった。たった一人にさえ大切にされなかった女だ。突然チヤホヤされたら、勘違いしてもおかしくはない気がした。

　五名くらいとやりとりした結果、一名に絞って、実際に会うことになった。会員登録から会うに至るまで、一週間も経っていない。愛はスーパーやコンビニに行くよりも気軽に買える時代になったと、馬鹿みたいなことを思った。

　そうした経緯で今日、初対面を迎えるこの二十五歳の男性は、わずか十分程度の遅れでわざわざアタシに連絡をくれた。まめな人だと思った。保険会社勤務という職業ゆえのものだろうか。宮部さんは、十五分程度の遅刻なら、絶対に連絡してこなかった。過去に付き合った男のせいで、恋人に求めるハードルが下がっていることに気付いて、可笑《おか》しくなった。

「ゆっくりで大丈夫です！」

　返事を打つと、携帯を鞄《かばん》にしまった。相手が待ち合わせに遅れるとわかると、心が穏やかになるのは何故だろうか。時間にゆとりができた。それだけではない気がする。急に街の空気が緩くなるような、ストレスから解放された感覚があった。

　もしかしたら、アタシは、この人に会いたくないのかもしれない。

　そう思うと、足元がずるりと重くなる。ビルの窓に反射した自分の姿は、夏の頃よりだいぶマシに見えた。ゆるく巻いてもらったばかりの髪が、ふわふわと風に揺れていた。

　本当は、宮部さんに見てもらいたかったのに。

湧いて出てくる本音を握り潰して、視線を前に戻した。

携帯電話が示す道順に従って歩いていると、大通りにぶつかる。片道三車線を跨《また》いだ横断歩道の先に、見覚えのあるカラオケ店が見えた。

宮部さんと二人で会うようになって、四度目くらいのことだったか。突然、予想していなかった大雨が降った。バーから出てきたアタシたちは、タクシーを呼ぶのも億劫で、たまたま目に入ったこのカラオケ店に入ったのだ。

「宮部さん、カラオケで歌うイメージとかないです」

「行かないなあ。苦手だし。俺は聴く専門でいいよ」

宮部さんは案の定、歌いたがらなかった。彼は自分の得手不得手を理解していて、得意なものなら積極的に人に見せようとした。その日までカラオケに誘われないということは、つまり、歌はそれほどうまくはないのだろうとアタシは予想した。

しかし、好きな人の歌声というのは、どうしてあんなにも心地良く聞こえるものだろうか。特別うまいわけじゃない。たまに擦《かす》れたり、音を外したりもする。でもその瞬間こそが、たまらなく愛おしい。アタシは宮部さんが面倒臭そうにマイクを手に取るたび、その横顔と首筋に浮かんだ血管、かすれた声に酔いしれた。曲が終わるたびに少し照れた仕草を見せる宮部さんの顔は、大人の色気と少年の無邪気さを合わせもった、妙な妖艶さがあった。

カラオケ店の前まで来て、思い出す。あの日は、相当酔っ払っていた。もうすぐ三十になるというのに、いまだにお酒の飲み方を憶えない。宮部さんも、少なくともアタシといるときは、酷く酔っぱらうようだった。人間にはいろんな相性がある。でも、一緒にお酒を飲むとおもしろいくらい簡単に酔える関係というのは、生まれて初めてだった。

　夜が深くなるに連れて、アタシたちは立ってもいられなくなった。文字通り支え合うようにしながら、カラオケ店を後にした。汗と雨が混じった宮部さんだけの匂いが、アタシに染み付いていくように感じた。

　そんな日が、夏の間にいくつもあった。

　戻れない一夜を思い出しながら、季節が変わったことを改めて実感する。あの恋はたぶん、夏の夜だけに起こる、マジックみたいなものだったのだ。マジックなのだから、タネも仕掛けも存在している。一度トリックを見破れば、それが大したことのないものだったと気付ける。でも、たぶん、まだアタシは、宮部さんのマジックにかかったままだ。段差のないところで転ぶように、きっかけもなく元恋人が頭に浮かぶ。早くこの状況を改善しないと、自分が自分ではいられなくなってしまう気がした。


「早苗さんですか」

　待ち合わせ場所に着いて、五分経ったところだった。細く、頼りなさそうな高い声が聞こえた。振り向くと、この数日連絡を交わしていた、アイコンの男性が立っていた。

　テキストからは想像もつかない声だった。もっと知性に溢れた声をしていると思っていた。猫背がやけに目についた。写真では誤魔化していたかと思うと、ずいぶん不誠実に感じられた。

もっと落ち着いた、自信に満ちた人なのかと思った。実際に現れた男は、どこか気迫が足りず、戸惑いに満ちていた。

——宮部さんと比べたから、そう思ったのではないか？

指摘する内なる声に、アタシは驚いた。忘れたくて別の人と会うことにしたのに、一層強くあの人を思い出してしまう。これではわざわざ会ってくれる人に対して、申し訳なかった。

「遅れてしまって、すみません」

男が軽く頭を下げると、ますます猫背が強調された。優しそうな顔だ。清潔感もある。身長は想像よりもはるかに高い。でも、必要最低限の脂肪すらなさそうな体は、不健康そうにも見える。年齢は近かったはずなのに、ずいぶん幼く感じられた。

宮部さんも、初めて見たアタシを、こんなふうに品定めしたのだろうか。

体が太そうだとか、足が短そうだとか、化粧が濃いとか、胸がでかいとか、頭が悪そうとか？　性的な目でしか見られていなかったのか、ヒトとして興味を持ってもらえていたのか。二カ月一緒にいても、わからないまま終わってしまったことばかりだ。

宮部さんの存在を初めて知ったのは、いつだったか。多くの人は、やはり初脚本にして大ヒットを記録したあの長編映画を挙げるだろう。アタシは、その作品よりももう少し前から、彼を知っていた。

当時付き合っていた男性と別れた夜、たまたま通りがかったミニシアターで、レイトショーが開かれていた。知らない演者と、知らないタイトル、知らない脚本家。誰にも知られることなく恋を終えたアタシには、誰も知らない作品がちょうど良いと思った。

そのレイトショーの後に、トークイベントが開かれた。作品には一切関わっていない映像作家がひとりで登壇して、好き勝手に二十分話した。その人が、宮部さんだった。

その日の宮部さんはオフホワイトのTシャツの上に、皺だらけのカーキのロングシャツを羽織って、ハーフパンツから細い足を覗かせていた。すねに生えている毛の量が個人的に好みだった。なぜかそんなことを覚えている。当時の彼はまだ三十代前半特有の、怖いもの知らずのような勢いを纏っていて、頬にも張りがあった。威圧感すら感じさせるほどに、その目は鋭かった。

宮部さんはアタシを含めても数名しかいない客席に向かって、上映されたばかりの映画をひたすら酷評した。聞いているこちらが気まずく感じる話ばかりで、いたたまれず、なぜかそれが面白くなってしまって、アタシは笑った。こんな風に、他人が作った作品の粗探しばかりしてしまう人が作る作品は、きっと妙に説教臭くて、ものすごくつまらないだろうと思った。

アタシはそこから、「宮部あきら」の活動を追いかけるようになった。手掛けた作品はできる限り追って、遡《さかのぼ》れる限りのインタビュー記事を読み込んでみた。そこまで興味を持てたのは、彼の手掛ける作品が思いのほか、おもしろかったからだ。とはいえ、まさかその人が大ヒット作品を作り、一躍時の人となるとは想像もつかなかった。

これまでも、アイドルや俳優に夢中になることはあった。でもたった一人の、縁もゆかりもなかったクリエイターに、そこまで執着したのは初めてだ。宮部あきらという存在を知り尽くさないと、心が落ち着かなかった。恋人もいなくなり、会社でも代わりの利く仕事ばかりだったアタシにとって、宮部あきらという存在が唯一、人生に色をつけていた。

そして、宮部さんの存在を知った七年後。

プライベートの宮部さんを初めて見たのが、あの中央街のナイトクラブだった。見知った顔が、会場の隅にいた。最初は知り合いかと思ったが、数秒たって気付く。一方的に、自分が見過ぎた顔だった。

「宮部あきらさんですよね？」

話しかけることに、なんの躊躇《ちゅうちょ》もなかった。もっと緊張してもよかったのに、なぜかアタシはあのとき、ようやく繋がれたと、そんな勘違いをした。

宮部さんは少し疲れた様子でいた。でも、アタシが彼の書いたコラムの話をすると、本当に嬉しそうに、いろんなことを聞かせてくれた。他のお客さんはどんどんいなくなって、その度アタシたちの声は大きくなった。お酒は何杯でも飲めてしまいそうだった。

宮部さんはインタビューやエッセイでは決して見せない顔を、たくさんアタシに見せてくれた。その一つ一つが新鮮で、僅か数時間のことだろうか、アタシはナイトクラブにいる間に「宮部あきら」ではなく、目の前の宮部さんを、好きになりつつあった。

それは危険なことだと、頭の中のアルコールに浸っていない部分が警告していた。宮部さんの話し方や、目の合わせ方、アタシを褒めるタイミングや、エスコートの手際の良さ。それらは、どうすれば人は心地良く感じるかを熟知している人のそれだった。この人はいつもこうやって、自分に好意を見せた女性を罠にかけては、欲と共に夜を過ごしているに違いなかった。「その他大勢」のうちの一人に、今夜、自分もカウントされようとしている。冷静な嫌悪感は確かに存在しているのに、目の前の男を、憎むことができない。誘われるがまま、この人とどこまででも沈んでみたいと、酒に呑まれた体が叫んでいた。

　その日から、どうして自分が、宮部さんに選ばれるようになったかはわからない。アタシと宮部さんは、この夏の多くの時間を一緒に過ごすことになった。

　もちろん、あの宮部あきらだ。急に突き放してくることも多々ある。三日、四日と連絡が返ってこなかったかと思えば、急に会いたいと言われて呼び出される日もあった。朝まで一緒にいられるかと思いきや、タクシー代を渡されて追い出された夜も、一度ではない。会う前の文面からはノリの良さを感じられたのに、会ってみたらぶっきらぼうだった日もある。一人で映画を観る気分じゃないからと急に呼ばれた日や、役所への提出書類がどうしても出せないから付き合ってほしいと甘えられた日もあった。

　保護者なのか、恋人なのか、便利な友人なのか。よくわからない距離感だからこそ湧き出る甘い快楽の泉にアタシは溺れていた。性欲処理の道具として扱われるだけなら、こっちだってそれなりの割り切りができたのだ。出逢った日の夜に「恋人はいらない」と言ったのはアタシの本音だったし、一人の男に執着するのはもうしばらくやめようと、本気で思っていた。好きになった人から裏切られるダメージは、何よりも深く心に傷を作ると、身をもって知っていた。

人を深くまで信頼せずに暮らすのが、機嫌良く生きる方法だ。たとえその相手が、ずっと憧れ続けていた宮部さんであったとしても、アタシは適度な距離を保っていたかった。いつからその距離は、崩れてしまったのだろうか？　顔を合わせるたび、体を重ねるたび、連絡をもらうたび、宮部さんの存在は、日毎に大きくなっていった。一番依存してはいけないタイプの人間だと分かっていても、電話が鳴る瞬間を待ってしまう自分がいた。

　今年は例年より数日遅く、梅雨明けが宣言された。流れる汗すら蒸発しそうな夏が本格的に始まる頃には、どう足掻いても、宮部さんの手のひらから降りられなくなっていた。


「早苗さんは、失恋したばかりなんでしたっけ」

　鼻にかかる声を聞いて、顔を上げる。そうだ、もう季節は、秋になったのだ。向かいの席に座った男性は、ホットのドリップコーヒーを飲んでいる。さすがにホットドリンクを頼むほど、寒くはないのではないか。指摘したい気持ちを抑えて、自分のアイスレモネードを口にした。

「改まって言われると恥ずかしいですけど、別れて一ヵ月くらいです」

「フッた側ですか？　フラれた側ですか？」

「えー、それ、聞いてどうするんですか？」

「いや、フッた側だったら、まだラクだろうから」

「フッた側って、ラクですか？」

「フラれる方は被害者ですから。絶対にしんどいのは、被害者です」

「ええ？　そうですか？」

「そうですよ、フッておいてしんどいとか思うの、勝手すぎません？　加害者なんだから、被害者ヅラすんなよって思いますよ。どう考えてもフラれた方がきついんだから、加害者に弁解の余地はないです」

　自信満々に、目の前の男は言った。

「じゃあ、例えばアタシたちが付き合ったら、別れる時は、どうします？」

「いや、それは、僕をフッてほしいです」

「え、なんでですか？　フラれる方がしんどいとわかってるのに？」

「早苗さんがしんどくない方を、選んでほしいから」

　優しい男だとは思う。でも、その優しさから感じる薄っぺらさは何なのだろうか。どこか偏見に満ちた甘さ、実体の伴わない台詞のように思えて、違和感が拭《ぬぐ》えない。

　仮にも好きだった人に対して、自ら別れを告げなきゃいけないのに、そこに苦しみや悲しさを伴わないわけがない。もしも何の未練もなくフることができたなら、相手をそこまで愛していなかったのではないか。それとも、全く愛せないほど、関係が壊れてしまっていたのか。

　恋人との別れの理由にできそうなものなんて、本当はきっと、探せば無数にあるのだ。でも、そのどれもが、相手を傷つけないために言うべきではなかったり、関係を繋ぎとめるために我慢したりしているものだったりする。

　それでも、終わらせなければならない恋は、あるのだろう。まだ好きなままだけれど、お互いのためにも、もしくはこれからの自分の人生のためにも、終わらせなきゃいけない恋というのは、きっとある。

　たとえそれが、どれだけ醜《みにく》いきっかけから始まった結末だったとしても、だ。


　日本海に大量のクラゲが出た。国内では珍しい量だとニュースが告げた。夏の終わりらしい出来事をテレビで見届け、アタシは宮部さんの家に向かっていた。月替わりのカレンダーはもうすぐめくられようとしているのに、相変わらず日の光は、強く肌を刺していた。サンダルが地面に触れるたび、ソールがベタベタと溶けるような感覚が残った。

　宮部さんのマンションの合鍵を受け取ったのは、その日の二週間前だった。事前に連絡をくれれば、その鍵で入っていいよと、宮部さんはあっさり言った。

　二十八年生きてきて、人生で初めて、合鍵をもらった。これが一般的な恋人同士ならば、結婚を意識したり、同棲間近な展開にテンションが上がったりしたのかもしれない。でも、アタシの中では、感動よりも先に、戸惑いの方が大きくふくらんだ。

　宮部さんの部屋は、たまにアタシの知らない香りで包まれていた。その香りは明らかに女性によるもので、ただそれが、どこの誰がつけていったものなのかは、いつもわからないままだった。

　その匂いについて、触れてはいけない。問い質《ただ》してしまえば、きっと知りたくない事実が待っている。本能がいつもそう叫んで、アタシは真相を聞かぬまま、彼の家のベッドを揺らしていた。

こんなにも信用できない関係だ。恋人でもないアタシに合鍵を渡して、この人は、大丈夫なのだろうか？　もう、そういう遊び方はしない、という証明なのか。はたまた、どの女の人にも鍵を渡していて、鉢合わせても構わないと思っているのか。

彼が優しいときほど、裏がある予感がして、その後に待ち受ける悲しみが、怖かった。だからできるだけ、もらった合鍵は使わないで済むようにしていたのだ。自分の第六感が告げる嫌な予感が、的中しないように。

それなのに、その日、アタシの配慮は、あっさりと無下にされた。

いつもどおり事前に連絡を入れて、宮部さんが家にいることを確かめた。家にいるよと言うから、マンションに向かった。そのまま入っていいと連絡が来ていたので、エントランスを抜け、玄関を開けた。

すると、そこに知らない靴が置いてあった。どう見ても、女性用のもの。それも、アタシが決して履かないような、ハイブランドのパンプス。

その靴を見た途端、脳が凍ったように、思考が働かなくなった。部屋の中からは、宮部さんと、女の声が聞こえた。アタシは靴をしばらく見つめてから、後退りして、ゆっくりとドアをしめた。

この状況を、あの人はどうしたいのだろう？

宮部さんの考えていることが、全くわからなかった。あれは、誰の靴で、どう言い訳を立てたら、アタシにそれを見せても良いと、思えたのだろうか。

　いくら考えようとしても、頭は混乱状態から抜け出せそうになかった。

気が動転していた。廊下の隅で立ち尽くしていた。アタシは、女が出ていくまで待とうと思って、階段の影に隠れることにした。どうして、その場を立ち去らなかったのか。今でもあの時の自分の行動は、不可解だ。何分、何時間だろうか。待っている間、これまで、見て見ぬフリで済ませていた宮部さんの行動が、全て脳内に思い起こされていた。連絡がつかない日はどこにいたのか。セックス中に何度も震えた携帯電話は誰からの連絡だったのか。アタシが出てこない思い出話は誰との経験のものなのか。アタシにはつけないくせに、コンスタントに減っていく避妊具は誰に使われていたのか。

　きっと、アタシ以外にも女がいるのだ。そんなことは、調べるまでもなくわかっていた。他の女性とも関係を持っていたところで、宮部さんはアタシを裏切ったわけではない。契約なんて結んでいないし、そもそもアタシたちは、付き合ったことになんて、一度もなっていないのだ。お互いに独身だし、出逢ったときに「恋人なんかいらない」とお互いに話した。この二カ月、ベッドの上ですら「好き」と伝えなかったアタシは、必死に気持ちを殺して、曖昧《あいまい》でも彼の傍にいる道を選んできたのだ。

　だから今回も、あの靴を見て見ぬフリすれば、アタシたちの関係はずっと続けられる。付き合ってもいないのだから、始まってもいない。始まらないなら、終わりも来ない。その距離感を保っている限りは、アタシは特等席で、宮部さんの歩む道を見ていられるんだ。大丈夫。大丈夫。全て忘れて、今日は帰って、全部なかったことにして、それで、また、これまで通りの関係を続ければ。

　そこまで、脳を働かせることはできた。階段の隅にしゃがみ込んで、じっと動かないようにしている間、他の住民に見られなかったことが幸いだった。こんな惨めな姿は、誰にも見られたくなかった。

　今日はもう、このまま帰ろうと、エレベーターホールに足を向けたその時だった。ガチャリ、と聞き慣れた音がした。咄嗟《とっさ》に音のした方に振り向くと、宮部さんが、いた。知らない女の肩をだきながら、立っていた。

　女の外見については、ほとんど覚えていない。この期に及んでアタシは、宮部さんのことばかり見ていた。ただ、アタシとは全然違う見た目の女だったことだけ、覚えている。髪色も、洋服のセンスも、背丈も、細い体も。

　宮部さんは、アタシと目があってもなお、顔色ひとつ変えずにじっとこちらを見つめていた。今思えばあれも、いつもどおりの宮部さんだった。それなのに、あの時のアタシには、あの宮部さんは宮部さんに似せたアンドロイドか何かのように見えた。

「その人の、どこがいいんですか？」

　二人に、尋ねていた。尋ねられた男女は、黙って、アタシを見ていた。質問は、二人ともに投げたつもりだった。哀れんだ目だけが、アタシを刺していた。蔑《さげす》むような目で、こちらを見ていた。

「この状況すら、見て見ぬふりして、許容しろって、言いたいんですか？」

沈黙が怖かった。こちらが弱いところを見せたら、そのまま、存在が消されてしまいそうな予感がした。アタシは、宮部さんに話し続けた。

「確かにアタシは、恋人じゃないですけど。でも、期待させたのはそっちじゃないですか。ずっとずっと、弄《もてあそ》んでたのは、そっちじゃないですか。我慢してたのはこっちだけで、好き勝手に楽しんでたのは宮部さんじゃないですか。なんでこんなことできるんですか？　アタシの気持ちを一ミリでも考えてくれたこと、ありましたか？　とっくに好きだったって、気持ちに気付いてたんじゃないですか？　それでも核心に触れずに、誤魔化して暮らすのがラクだったんじゃないですか？　だったら、だったらそれを最後まで突き通す努力くらいしてくださいよ！　なんでアタシだけ、ずっと我慢したのに、アタシだけ、こんな酷い状況にも置かれなきゃいけないんですか！　今、何考えてるんですか？　どんな気持ちで合鍵なんか渡して、どんな気持ちでこんな修羅場迎えて、キョトンとアホみたいな顔していられるんですか？　クールでいるつもりですか？　間抜けにしか見えないですよ。何がしたいか、何考えてるか、一個も！　一個もわかんないです！　どうなってんですか、本当に！　あなたのことが、一個も！わからない！」

アタシには、宮部さんの女は務まらない。薄々は感じていたことを、この瞬間、ようやく実感できた。それだけで良かったのだ。良かったはずなのに、宮部さんはたった一言でアタシの二カ月を、どうでもいいものにした。

「３Ｐ、したかっただけだから。しようよ、３Ｐ」

耳の奥で、金属が破裂するような音がした。

そこから大きな耳鳴りが始まって、もう、何も聞こえなかった。

階段を駆け下りた。あのハイブランドのパンプスじゃ、絶対に追いつけない速さで。

外に出ると、日はとっくに暮れていた。雨の匂いを含んだ夜風が、私に強く吹きつけた。風の吹く方角に、足を進めた。もう、全部吹き飛ばしてほしかった。

望んだとおりに、すぐに雨が降り始めた。一滴、二滴と大きな粒を垂らしたあと、映画みたいな土砂降りにすぐ変わった。その雨に打たれながら、誰か、迎えに来てくれやしないかと、願おうとした。誰の顔も浮かばず、元からアタシは一人だったのだと、改めて気付かされた。

そこから、何分走っただろうか。雨宿りしようとしたところで、祭囃子《まつりばやし》の音が聞こえた。夏の終わりに開かれた、町内会のお祭りだったのだろうか。この雨ではきっと、盆踊りも花火も中止だろう。慌てて店を閉じていく、屋台のイメージが浮かんだ。夏は、大きな雨雲と共に流れていった。


「早苗さんの元カレが、どんな人か知らないですけど」

マッチングアプリの男がそう切り出して、またしても現実に引き戻される。

アイスレモネードを飲み干したからか、少し体が冷えていた。

やっぱり、アタシもホットドリンクにすればよかった。テラス席に座ったのも間違いだった。

空は、端の方が淡いピンク色に染まってきていて、さっき点いたばかりの外灯が、頼りなく揺れて見えた。

「早苗さんはきっと、もっと素敵な人に会えますよ」

「それって、例えばどんな人？」

アタシは、どんな答えを期待しているのか。あれだけ酷い別れ方をしても、頭に浮かぶのは、中央街のナイトクラブで笑う宮部さんの顔だった。細く頼りない青年は、申し訳なさそうに言った。

「僕なんかじゃ、ダメですか」

男はアタシにキスをした。秋のように、乾いた唇だった。

何の驚きも、感動も、興奮もない、ただの接触。

頭には、あの夏の雨の音だけが聞こえていた。

4. フラれてみたんだよ

「おれ、宮部あきらにMV作ってもらえるかも」

音色《ねいろ》くんが嬉しそうに報告してきたのは、七月のわりに心地良い風が入り込む、ある夜のことでした。ギターケースを抱えたまま玄関口でそう言った彼の瞳は、少年のように輝いていました。

その笑顔に嫌な予感がしたのは、当時の私の性格が、酷くねじ曲がっていたからだと思います。彼はチャンスを掴んだのだし、私はそれを心から応援する彼女であるべきでした。しかし、やはりあの夜から明確に、音色くんは別の人間に変わり始めたのでした。全ての行動が音色くんらしくなくて、悪魔か何かに、取り憑《つ》かれてしまったように見えました。

人は変わりゆくものだと、わかっています。私だって十代の頃は、地元で素敵な男性と早々に結婚し、子供を授かって豊かに暮らす人生を送ると思っていました。それがまさか二十四歳にもなって、アルバイトをしながら東京で劇団員をやり、バンドマンと同棲しているとは思いもしなかったです。人の生活や価値観は、年齢と共に変わっていくもの。自分でもそうわかっているはずなのです。

それでも当時の私は、音色くんとならどんな苦難が来ても揺るがず、途切れず、ずっと恋人としての関係を続けていけると楽観視していました。いくつもの恋人たちが別れていく中で、自分たちだけは大丈夫と、どこかでタカを括《くく》って暮らしていたのです。

今、私は彼と一緒にはいません。

街を歩くたびに目に入るのは彼の好きなものばかりで、それがそのまま、私の好きなものになっている現状を、気持ち悪く感じます。こんなにも彼に染められていたのかと思うと、彼と出逢うまでの私は、どこでどうやって生きてきたのか、わからなくなるからです。

そこまで強い未練を覚えていても、彼ともう一度やり直したいと思えないのは、私が付き合いたいのは今の音色くんではなく、あくまでも出逢った当初の音色くんだとわかっているからです。私はそうやって、巻き戻せない時を羨みながら、後悔を積み重ねているのです。


音色くんと初めて出逢ったのは、私のアルバイト先のスーパーマーケットでした。彼はその日、ギターケースを背負っていて、片方の手にはエフェクターケースを、もう片方の手にはメモ帳の切れはしを握りしめていました。

ただでさえ狭い調味料コーナーで品出しをしている私の後ろを、たくさんの荷物を抱えたバンドマンが何度も何度も通るのです。正直、煩《わずら》わしいと思ったのが、彼に抱いた最初の印象でした。

一体何を探しているのかと横目で覗き見ると、メモにはざっと見ても十近くの食材がリスト化されていました。店の入り口に大きく展開されていた白菜にすら気付けていないようで、これは先が長そうだなあと、他人の買い物なのに途方に暮れたのを覚えています。

　こちらに余裕があるならば、自分から声を掛けて彼を助けることもできました。しかし、出勤するたびにトロいと店長から叱られていた私です。調味料を棚に並べるのに必死で、そこまでの気は回りませんでした。

　そのまま放置して五分ほど作業を続けたところで、彼はいよいよ困り果てたのか、私に話しかけてきました。お客さんに話しかけられやすいのもまた、お前がトロいせいなのだと怒られたばかりのことでした。

「すみません、岩海苔《いわのり》って、どこにありますか？」

　彼の声は思ったよりも低く、太くて、思わず喉ぼとけを見つめてしまったほどでした。どんな大劇場でも響きそうな、輪郭のはっきりした低音だと思いました。真っ黒な髪は襟足まで伸びていて、くるんくるんといろんな方向にはねていました。前髪でほとんど隠れている目元は、ちらと覗いてみると、風鈴が鳴りそうなくらい涼しげな印象がありました。身長は私と同じくらいで、おそらく私よりも細いスキニーデニムを穿《は》いていました。キョロキョロと落ち着かなそうに店の中を彷徨《さまよ》う様子は、迷子になった犬のようでした。

　私は彼の持つ買い物リストを横目で確認しながら、岩海苔の置いてあるところまで案内しました。本来ならそこで、元の持ち場へ戻るべきだったのでしょう。しかし、あまりにも音色くんの迷子が終わらなそうだったので、私は彼に助け舟を出そうと思ったのです。その行動に下心がなかったと言えば、嘘になります。つまり、この時点ですでに、私は音色くんに惹かれていたのかもしれません。

「そのリスト、全部、買われるんですか？」

　少し図々しい聞き方だったかもしれません。彼は少し驚いた顔をしてから、「ああ、そうなんです。今日、宅飲みをやる予定で」と、頭をもしゃもしゃかきながら言いました。

　彼が普段から自炊をしていないか、もしくはこのスーパーをほとんど使ったことがないことは、リストの内容を見てすぐにわかりました。岩海苔ならまだしも、白菜や鶏肉など、ほとんどのものがお客様の目につきやすいところに配置されていたはずだからです。通い慣れていないスーパーだと、どこに何が置いてあるのかわからない。音色くんの歩き方は、明らかにそういう人の歩き方でした。

「よければ、一緒に回りましょうか？」

　そう声をかけると、彼は明らかに慌てふためいて、いやいや、滅相もないと言いました。確かに、足腰も丈夫な青年に対して、スーパーの店員がつきっきりになって十以上の商品を一緒に集めていくのも、どうにも違和感があると気付きました。「じゃあ、せめて、場所だけ」と言って、一つ一つ説明を始めるのですが、これはこれで、通い慣れていない人に十以上の商品位置を教えるのも難しく、後半は教える方も聞く方も、投げやりになっていくのが手にとるようにわかるのでした。「ありがとうございます」と彼は頭を下げて、すぐに生鮮食品のコーナーに消えて行きました。私も自分の持ち場に戻り、また作業を再開することにしました。

しかし、案の定、と言いますか。あんな雑な説明で全ての商品位置を把握できるわけがないのです。彼は、まだ五つも商品がカゴに入っていない状態で、私の後ろを再び通り過ぎました。その時の彼の、気まずそうに笑った顔。人様に迷惑をかけてはいけないと、小さな頃から教わってきたことがわかるような、繊細さに満ちた表情が、私の心をとろとろと溶かし始めたのです。

「次は、豆腐です」「あっ、豆腐は、こちらではなくて、生鮮食品コーナーの横に」

まるでスタンプラリーのようでした。彼は、商品を一つ手にしたかと思えば、また私のところに戻ってきて、また一つ、また一つと、旅立っては買い物リストを消化していくのでした。

彼も私も、最初はただただバツが悪く、冬場の毛布に身を包むように、恥ずかしい思いにくるまっていました。しかし、いつの間にかそれもはだけて、開き直って夏が来たかのように、各商品の場所をたびたび私に聞きに来ては、手に取っていくのでした。

お店のどなたにも言えませんでしたが、私はあのとき、調味料の品出しをとっくに終えていました。ただ、ボールを咥えた犬のように嬉しそうに戻ってくる彼を待つことがこの上なく楽しくて、仕事なんかすっかりどうでもよくなっていたのです。

最後に半ダースの発泡酒をカゴに入れて戻ってきた音色くんは、どこか清々しい様子ですらありました。たかが自宅での飲み会のための買い出しが、一大アドベンチャーのようになっていた彼を見て、思わず私は吹き出してしまいました。

「え、笑うことないじゃないですか」

「いやいや、すみません。なんだか、おかしくて」

そう言うと、彼もまた私と同じように、口元を袖《そで》で隠しながら笑いました。そして、何か思い立ったようにカゴを地面に置くと、背負っていたギターのソフトケースから、一枚のＣＤを取り出したのです。

「あの、音楽とか、好きですか？」

「あ、はい。詳しくはないですけど、聴きます」

「あ、どんなの聴きますか？　邦ロックも、聴きます？」

「好きですよ、ライブも、たまに行ってます」

「あ、じゃあ、あの、これ。おれのバンドのやつなんです。全く御礼になっていないんですけど、聴いてみて、もしも良かったら、ライブ見に来てもらえませんか？　そしたら、ゲストで入れるので。ここに、事前に連絡もらえたら」

そう言って彼は、ＣＤケースに書かれたアドレスを指さしました。

「本当に、聴いてみて、気に入ったらでいいので」

「はい、ありがとうございます。絶対に、今夜聴きます」

その夜ほど、急いで自宅に帰った日はありませんでした。私はまだ一度も聴いていない彼のバンドのＣＤを抱えて、ステージに立つ彼の姿を想像していました。寒い冬の夜でした。信号機は、赤でも緑でもキラキラと輝いていて、その光にわずかに照らされたアスファルトも、踊っているように見えました。

自宅に帰って、ようやくＣＤケースからディスクを取り出すと、そこで初めて、自分の家にＣＤを聴くためのツールが何もないことに気付きました。私は慌てて近くに住んでいる友人に連絡をして、ＣＤプレイヤーを貸してもらえないかと尋ねました。快諾してくれた友人は家から十分ほどのところに住んでいました。私はお礼を言いつつ、すぐにまた靴を履いて、その家まで走って向かいました。あの時の私は、寝静まった街を吹き抜ける、強烈な風になっていました。疲れも知らず、勢いは衰えず、友人の家まで走り抜けました。友人は呆気《あっけ》にとられていましたが、ただプレイヤーを探していた私を、快く招き入れてくれました。

　音色くんがボーカルを務める「ブルーガール」は、四人組のバンドでした。ところどころでジャズやファンクの要素が垣間《かいま》見えるサウンドは、流行りといえば流行りのようにも思えましたが、イントロやメロ、サビごとに大胆に転調していき、同じサビが来ない構成になっている曲が多いのは、とても新鮮に感じられました。バンドの公式サイトを開いてみると、男性四人が気怠《けだる》そうに映っていて、その真ん中に音色くんがいました。スーパーで話した彼とはまた違った雰囲気があって、私はスーパーで買い物をしている音色くんの方が好きだなと思いました。

　翌日、ブルーガールのことをさらに調べていると、バンドメンバーのうちの何人かは個人のＳＮＳアカウントを運用していることがわかりました。私は早速音色くんをフォローして、彼に気付いてもらえるように、プロフィールに自分の所属する劇団の名前と、その隣に、バイト先のスーパーの名前を書きました。

　音色くんはその日のうちにフォローを返してくれて、私はダイレクトメッセージで、スーパーの店員である旨と、CDを聴いたこと、ライブに行きたいことを告げました。彼はすぐに返事をくれて、ゲストでチケットを取っておいてくれることを約束してくれました。

「予約名、何にしますか？」

「岩崎凜で、お願いします」

「普段、なんて呼ばれていますか？」

「凜、が多い気がします」

「じゃあ、凜ちゃんって呼んでもいいですか？」

「嬉しいです。ありがとうございます」

こうして連絡をとった日から、お互いのSNSの投稿にたまに反応をしながら、ライブの日を迎えました。スーパーで出逢ってから二週間後のことでした。

ライブハウスは東代田駅からすぐ近くにありました。東代田は改札を抜けるとすぐ目の前に小さな国道があって、その道沿いにいくつかの飲食店があるだけで、あとは閑静な住宅街が広がっています。

ブルーガールの出番は二十時ごろと言われていたので、私はその時間に間に合うように、国道沿いにひっそりと佇《たたず》んでいるライブハウスに潜りました。受付で自分の名前と、ブルーガールを見に来た旨を告げると、ドリンク代だけを支払って、中に入りました。

フロアには、お客さんの姿がほとんど見えませんでした。少し早くに着いたから少ないのかと思えば、前のバンドの演奏が終わるとさらに人が減って、機材の転換の間に、いよいよお客さんは私を含めて五名ほどになっていました。

　平日の夜です。来場者が少ないのは予想していましたが、ブルーガールの時間が迫った頃には、ＰＡ卓にいるスタッフと、壁際に寄りかかっているお客さん三人と、中央にいる私しか、人がいませんでした。さらにしばらくすると、壁際に寄りかかっていたお客さんは、今日出演していた一組目のバンドのメンバーであることがわかり、実質、お客さんは私しかいないことがわかりました。

　その状況に気付いた途端、私は吐き気を覚えました。

　二年前でしょうか。劇団員としてある舞台に立った時、お客さんが一人しか入らなかったことがありました。脚本を務めた座長が連れてきたご友人一人だけが客席に座っていて、あとはスタッフすら、誰もいなかったのです。誰も客席にいなければ、いっそ開き直って開放的な演技ができたことでしょう。でも、三十席はあったはずの舞台で、たった一人の、顔もよく見えない人のために演技するほどの力が、当時の私にはありませんでした。途中でなんだか恥ずかしくなって、セリフが無茶苦茶に飛んで、それがまた恥ずかしくて、公演中に私は、グズグズと泣いたのでした。泣くと、今度は涙で前が見えなくなり、いよいよどこに向かって芝居をすればいいのかわからなくなり、何もできなくなるのが怖くて、袖に引っ込んで、その場から逃げ出したのでした。

　当時のことを思い出すまいと気を逸《そ》らそうとすればするほど、胃液がこみ上げてきました。全身からじわじわと汗が吹き出して、体が冷えていく感覚だけが残ります。ギターのチューニングの音が、頼りなくもこちらまで届いてきていました。いよいよライブが始まる。そう思うとまた、吐き気は強くなるばかりでした。

そこからは、あまりよく覚えていません。気付けば私は、フロアの防音扉を抜けて、ライブハウスの外に出ていました。小さな国道には、ひっきりなしに車が走っていて、空気が何度も切り裂かれては、私にまとわりついてきました。車のヘッドライトの光を見つめながら、私は立ち尽くしていました。もう、ライブが始まるのに、音色くんの声を聞くことはできそうにありませんでした。彼は、私の姿を探すのでしょうか。客席に照明が向けられないことを、願うほかありませんでした。もう、音色くんに合わせる顔がなくなってしまったことを、私は恥ずかしく、情けなく思いながら、泣いたのでした。

その夜、私は彼に謝罪の連絡を入れました。会場まで行ったけれど、途中、急用が入って、帰らなければいけなくなった。楽しみにしていたのに一曲も聴けなかったと、メッセージを送りました。

返事は、日付が変わっても返ってこなくて、私はもう二度と、彼に会えないことを覚悟しました。

ところが、それからまた一週間ほどたった日のことでした。二日ほど雨が続いた翌日で、洗濯物をめいっぱい干していたところで、彼からまた、ダイレクトメッセージが届いたのです。

「これからスーパーに買い出しに行くのですが、商品を見つけられる自信がないです」

私はそれを読んで、思わず笑ってしまいました。この人は、これまでどうやって生きてこられたのだろうと、心配にもなりました。その日の私は、バイトのシフトに入っていない日だったのですが、彼の助けになれるならと、店内の案内役を買って出ることにしました。神様がくれたチャンスだと思って、逃したくなかったのです。

「三十分後でよければ、店の前で待っています」

そのメッセージに、今度はすぐに「待っています」と返事をくれました。こうして私たちは、またしてもスーパーで再会することになったのです。つい先日まで寒かったのに、突然春の陽気が訪れた、三月中旬のことでした。

「こんにちは」

「こんばんは」

「ああ、そうか、もう、夕方か」

たしか、そんなやりとりをしました。この日の彼はギターを背負っておらず、前回よりもさらに細身に見えました。私は他人の買い物なのに、自分が大きめのトートバッグを持ってきたことを、少し恥ずかしく思いました。

店に入ると、今日は何を買うつもりなのか、音色くんに尋ねました。この前彼が持っていた手書きの買い物リストは、子供が買い物を頼まれたかのようで、とても可愛かったのです。

でもこの日、音色くんは、買い物リストを持ってきていませんでした。

「あの日は、友達が家に来てて、買い出しを頼まれたからメモがあっただけで。それと、今日は凜ちゃんに、メニューを決めてもらえないかなって、思って」

最初は、言っている意味がよくわからなかったのですが、よくよく聞けば、彼は自炊をろくにしていないので、何を作ればいいかもわからず、ただ健康的なものが食べたかったから、私に食材を選んでもらいたかったとのことでした。

「食材を買うのはいいんですけど、それで料理って、できますか？」

「それが、実は、カラキシで」

「んん、カラキシって、どのくらいですか？　焼きそばとかは？」

「作ったこと、ないです」

「あ、本当に？　じゃあ、カレーは？」

「それも、ないです」

　わあ、そうか、なるほど、と相槌《あいづち》を入れながら、私はどんどん、音色くんの生活が気になってきました。この人はきっと、音楽以外は本当に何もできない人間なのだと思いました。

　私は、たった一つのことに熱中できる人を羨ましく思っていました。舞台役者として活躍して、いつかは俳優業に就きたいと思っていても、生活の比重を崩すことは、どうにもできないのです。寝食を忘れて脚本作りに没頭したり、稽古に集中するあまり友人との約束をすっぽかしたりすることは、私の場合、天地がひっくり返ろうとも起きないのです。自分には、狂気が足りないのだと思います。もっと自分の中に、渇望《かつぼう》するエネルギーを持ちたい。そう思っていても、ＳＮＳに自撮りを上げてコメントをもらったり、セックスしたりすれば、やんわりと満たされる、その程度の浅い欲求しか持ち合わせていないのです。

「よかったら、ご飯、私、作りましょうか？」

気付けばそのように口走っていました。それは、彼という生態に惹かれたがゆえの、百パーセント純粋なる、下心から来るものでした。音色くんがどんな暮らしをしているのか、どんな生き方をしているのか、知るチャンスだと思ったのです。彼は一瞬、虚を突かれた顔をしてから、「いいんですか」と大きく驚いてみせました。

「私も簡単なものしか作れないですけど、たぶん、音色くんよりは、ましだと思います」

そう言うと、彼は申し訳なさそうに笑いながら「ぜひ」と言って、私を部屋に招き入れてくれました。彼の部屋は非常に散らかっていて、コンロは一口しかありませんでした。九畳の１Ｋは壁が薄くて、隣の住人の生活音がいつも聞こえていました。年中敷きっぱなしだというコタツ布団と、壁沿いに無造作に積まれたＣＤと文庫本の山が、部屋の大きな割合をしめていました。


まな板を置くスペースも十分にないキッチンで、私はなんとかハヤシライスを作って、彼に食べさせました。ハヤシライスが体にいいとは到底思えませんでしたが、音色くんがリクエストした唯一の食べ物がそれだったので、それを作ることにしたのです。音色くんは、ろくに味わう素振りも見せずに、ぱくぱくと平らげてくれました。

私もコタツに入ると、発泡酒で乾杯をしてから、彼はこの前のライブの話をしてくれました。あの日のライブは音色くんの中でかなり納得のいく出来だったそうです。ライブハウスの店長にも褒められたと言っていました。本当に見てもらいたかったから、今度また、誘いますと、音色くんは言いました。私も自分の所属する劇団の話をして、今は脚本も書いているのだと伝えると、彼は観劇も好きだと言って、いつか観に行くと約束してくれました。正直、私は自分の劇よりも、手料理の方がまだ音色くんを楽しませてあげられる気がしたので、なんとも申し訳ない気持ちになりました。

その後も、音色くんの家のコタツの中でテレビを観ながら、まったりといろんな話をしました。大晦日《おおみそか》のような時間が続いて、なんだかずっと前から一緒に暮らしているみたいだと、音色くんは言いました。

私は彼の低く響く声がやはり好きで、その声がもっともっと聞きたくて、彼の喉仏にそっと手で触れました。彼は驚くかと思ったのですが、そうされることがずっと前からわかっていたかのように、私の右手を優しく両手で包んで、ゆっくりと目を瞑りました。

花をひとつかみするような、優しい仕草でした。

そのまましばらく動かずにいましたが、時間がたつに連れてさらにお互いを求めるようになり、私たちは狭いコタツの中で、互いの脚だけを遠慮がちに絡ませていきました。近くで感じられる音色くんの吐息はとても熱くて、それをもっと感じたいと思っているうちに、私と音色くんは熱で溶けるように、繋がっていきました。外は、夜になるとまた冷え込んできたようで、いつ雪が降ってもおかしくないような静けさが窓越しに伝わってきました。音色くんと私がいるこの部屋だけが、確かな熱とともに宙に浮かんでいるようでした。

ここまでの展開が、彼の予想どおりのものだったのかはわかりません。ただ、その日から私は、彼の家に料理を作りに行くことが増えて、その一ヵ月後にはもう、彼の家で生活できるだけの荷物を彼の部屋に運び入れていたのでした。

私は、その自然な流れがとても気にいっていました。不自然なところは何もなく、売れないバンドマンと売れない劇団員が東京の片隅で暮らし始めたことは、なんだか物語が始まる予感に満ちていたのです。

実際、それからの日々は、絵に描いたように平和で、無責任なものでした。それぞれがアルバイトをしながら、一日中抱き合っていたり、わざわざレンタカーを三時間走らせて餃子を食べに行ったり、私の書いた台本を読んでもらったり、彼の作った曲を一番に聴かせてもらったりして、若さを貪るようにして生きていたのです。彼は、私の書く脚本を好きだと言ってくれました。その内容の多くは、誰かが誰かを殺すようなものばかりで、凜ちゃんみたいな人が書く内容とは思えないと驚かれはしましたが、そのギャップがまた良いのだと、何度も真剣に台本を読んでくれました。まだ自分の出演する劇を見てもらったことはなかったのですが、いつか呼んでよと、彼は台本を読むたびに言ってくれたのです。それだけで私は、劇団員を続けてきて良かったとすら思えたのでした。

ブルーガールの活動に変化が見られたのは、新年度が始まり、世間が華やかになってきた頃でした。これまで、自作のＣＤのみで聴くことができた彼らの音楽が、音楽配信サービスで初めて公開されることになったのです。

音色くんは、自分の作った音楽が配信サービスによって刹那《せつな》的に消費されていくことに、懐疑的ではありました。実際、サブスクリプションサービスにブルーガールの音楽が解放された日、音色くんはずっとソワソワしていて、私は一日中、彼の頭を撫でて過ごすことになりました。彼の才能を見つけてもらえるのかどうか、私たちは楽曲の旅路を、ただただ見守ることしかできませんでした。

そこから一ヵ月は、なんの音沙汰もなく、私たちはいつもどおりの暮らしを続けていました。バイトがある日は必死に稼いで、それ以外はデートをしたり、歌詞や脚本作りと向き合っていました。正直、私は配信サービスに大きな期待をしていなかったので、こんなものだろうと思っていました。しかし、新緑が眩しい五月の朝に、ブルーガールのドラムの玄也《げんや》くんから、音色くんに連絡があったのでした。

「え、一位なの？」

詳しいことはわかりませんでした。ただ、玄也くん曰《いわ》く、ブルーガールが配信した楽曲のうちの一つが、ある動画投稿型ＳＮＳで大量にカバーされて、突然ストリーミングサービスの急上昇ランキングで一位を獲得したらしいのです。

「え、すごい。何、どこから」

ヒットは自覚しないところから起きるのだと、彼の表情を見ていてわかりました。ネットを開いてランキングを見てみると、確かにそこには、ブルーガールが一位として表示されているのです。動画投稿型ＳＮＳを開いてみても、音色くんの作った楽曲が、本当にいろんな人にカバーされていました。

音色くんは、最初は戸惑ってばかりいたものの、事態を理解すると徐々に高揚してきて、やったやったと部屋の中ではしゃぎ出しました。そんなに喜んでいる音色くんを、私は見たことがありませんでした。その姿を見て、私も一緒に喜んであげたかったのに、なぜか私は戸惑い、そして、少し寂しい気持ちになったのでした。

そして、気色の悪いことに、この日を境に、私たちは一切、体の関係を持たなくなったのです。音色くんが変わり出したのは、まさにこの瞬間だと、いま振り返ればわかるような気がします。彼の人生に、私がいないことが、徐々に増え出すのです。

ヒットチャート一位を取った『自転車』という曲は、サビこそ四つ打ちのノリやすさと、ひたすら韻《いん》を踏んだ歌詞が心地良い楽曲ではありましたが、そのフレーズは曲中で一度しか登場しない構成でした。それなのに、ＳＮＳやテレビではその部分だけが紹介されていく。ブルーガールの魅力は自由自在に変化する構成にあると思っていた私は、『自転車』の売れ方があまり気に入っていませんでした。

「あの曲さあ、やだよね。あんな風に消耗されていくの」

静かすぎる夜でした。新たな曲を作っている音色くんに向けて、私は声をかけました。音色くんは顔だけこちらに向けて、言いました。

「え、何が？」

「あ、だから、『自転車』。本当はイントロからアウトロまで丸々通して、一曲じゃんね。それが、十五秒とかさ、雑に切り取って、いい曲だ〜って、エモい動画つけたり、ダンスとかしちゃって、なんか恥ずかしいよね」

音色くんも、少し前までは私と同じ考えでいたと記憶しています。実際にそういう話をしたことがあるのです。彼の持つ芸術への信念が、私は好きでした。だからそのような話をしたのです。彼は、麦茶を一息で半分ほど飲んでから言いました。

「んー、でも、どんな形であれ、まずは自分たちの存在を世の中に知ってもらわないとダメだよね。知ってもらえたら、次でチャンスができるじゃん。音楽の質とか、ポリシーとか、そういうの語るの、まずは売れてからかなって思うなあ」

出逢ったときとは、まるで考えが変わっていました。「ＳＮＳミュージック」という不思議なジャンルが生まれて、ブルーガールはメジャーデビューもしていないのに、その中に組み込まれていました。音色くんは新たなジャンルの先駆者だと言われて、十秒だか十五秒だか、その一瞬だけ楽曲が切り取られることを、本人も肯定し始めていました。

そして、日本を代表するヒットメーカーと呼ばれる宮部あきらとの接触があったのが、「自転車」のヒットからさらに二カ月後のことでした。殺人的な暑さが続く七月に、音色くん率いるブルーガールは、宮部あきらの事務所に呼び出されました。

映像作家や脚本家として知られる宮部あきらのことは、もちろんよく知っていました。音色くんは宮部作品が大好きで、いくつかの楽曲は、宮部あきらが関わった映画に影響されて作ったものだと、よく聞かされていました。

私は宮部作品にそこまで惹かれなかった人間ですし、なかでも音色くんが挙げるような、大衆的と言いますか、商業的なヒットを記録した作品にはほとんど興味を持てませんでした。しかし、私の気持ちなんてブルーガールには関係のないことです。ヒットチャートにブルーガールの名前が挙がるようになった時、音色くんは宮部あきらの事務所に、新曲のミュージックビデオの制作依頼を投げていたのでした。音色くんにそんな行動力があるとは思ってもいなかったので、私もメンバーも大層驚きましたし、まさかそれに返事が来て、実際に音色くんと宮部あきらが対面することになるなんて、さらに予想できなかった事態でした。

　ブルーガールのメンバー四人は、『自転車』の次の曲でバンドとしてのブレイクを果たすために、細々と溜めていた貯金をここぞとばかりに切り崩し、必死にスタジオに籠《こ》もっていました。いくつかできた曲の中から、これは！　と思ったものを、音色くんは宮部あきらに送っていたそうです。その曲の感想と、今後のことについて話したいと、宮部あきらの事務所から連絡があったとのことでした。

「もしもＭＶ決まったらさあ、これもう、大変なことになっちゃうと思うんだよ。テレビとか、呼ばれちゃうかもしれない。そしたらさ、放送される日は、みんなで一緒に見たりしようよ。そうだな、スクリーンとかあるバーを借りて、いろんなひとを呼んでもいいかも。これまで対バンした人たちと、ちょっとミニライブとかもやったりしちゃってさ。良さそうじゃない？」

　私はお客が誰もいなかったあのライブハウスと、そこにいた対バン相手の皆さんの顔を思い浮かべていました。あの真っ暗なフロアで、わずかに光っていた、青い照明。夜の海のような景色を眺めながら、ブルーガールの鳴らす音を確かに楽しみにしていた日のことを、思い出していました。

宮部あきらの事務所に音色くんたちが出かけたのは、熱中症の患者数が過去最多になったとニュースが告げた、その翌日のことでした。日付が変わって、空の青さが完全に失われても音色くんは帰って来ず、私はあまりに遅い帰りに心配になり、駅まで迎えに行こうかと準備を始めていました。

ガチャガチャと乱暴に扉が開く音がすると、音色くんは全身を引きずるようにして、部屋に入ってきました。私は最初、彼が誰かに殴られたのかと思い、慌ててその体を支えようとしました。しかし、近づいてみると酷いアルコールの匂いがして、ああ、これは、ただ酔っ払っているだけなのだと安心しました。

かなり、酷い酔い方でした。普段あまり深酔いしない人なので、相当な量を飲んだに違いありませんでした。その状態を見て、これは、良い話にはならなかったのだろうと察しました。その夜は、もう会話も成り立たず、私は音色くんに水をガブガブと飲ませてから、なんとか彼をベッドに運んで、寝かせました。窓の外では虫が盛んに鳴いていて、私にはそれが、何かの警告のように聞こえていました。でも、何に対しての警告だったのかは、その翌日になるまで気付きませんでした。

音色くんがモゾモゾとベッドから出ていく気配がして、目が覚めました。まだ朝八時前で、夜行性の私たちからすると、酷く早い時間でした。

　土から出てきたばかりのように茶色い顔をした音色くんは、ヨタヨタとお風呂場に消えていきました。シャワーの出る音がしたかと思うと、部屋中が水分の針に刺されていくように、湿度が高まる感覚がありました。

　五分もせずに「タオル取って」と声が聞こえて、私は慌ててバスタオルを一枚、物干しハンガーから外して、持って行きました。

　お風呂場の前に立つと、半透明の扉越しに、音色くんの右腕が伸びていました。タオルを渡しがてら、扉の隙間をわずかに覗くと、音色くんの裸がほんの少しだけ、見えました。私は久しぶりに、音色くんの裸を見た気がしました。その体に二カ月触れていない事実が頭をよぎって、お腹の下あたりで、トクンと音がした気がしました。

「昨日、宮部さん、会ったんだよね？」

　お風呂場の扉越しに、音色くんに尋ねました。音色くんはタオルで激しく頭を拭いていて、私の声が聞き取れないようでした。「あー？」と返事が聞こえて、私は改めて、宮部さんに会ったのかと尋ねました。音色くんは、明らかにとげを持った声で言いました。

「ボッロボロに言われた」

　そこで、タオルを動かす彼の手は止まりました。

「君らの音楽は本当につまらない。たった一曲で調子に乗って、もう売れたつもりになっている。オーディエンスを舐めている。ただ売れればいいと思ってる。音楽を好きな人たちに謝ってほしい。こんな曲なら絶対にミュージックビデオなんて作らないし、俺のファンだとか、そういうことを公言するのもやめてほしい。迷惑だ。つってた」

音色くんの表情を、細かく確認することはできませんでした。ただ、間違いなく彼は、そのプライドを折られ、傷つき、落ちこんでいるようでした。

そこで励ますのが、私に与えられた、彼女としての役割だったのかもしれません。でもその時、私は彼の話を聞いて、とても安心していたのです。

正直、ここ二カ月の間、音色くんは浮かれっぱなしでした。東代田のライブハウスではお客さんが一人もいなかったのに、急にメディアからインタビューを受けて、まるで成功者のように音楽や人生についてあれこれ語っていたのです。音色くんは、悪魔か何かに取り憑かれたようにしか思えませんでした。そんな彼に、きちんと釘を打って、ふわふわと何処かに飛んでいかないように地に足を着けさせてくれたのが、宮部あきらだったのです。そう考えると、宮部あきらのことが、私はほんの少し、好意的に思えるのでした。あの人は、きちんと真実をわかっている人なのではないかと、そのように思えました。

「残念だったね」

音色くんを励ましながら、心の中で私は、平穏な日常がまた戻ってくるのだと喜んでいました。ヒットチャートに名前が載ったことで、ブルーガールに多少のファンはつくかもしれません。それでも『自転車』のブレイクはおそらく来年までは続かない。すぐに落ち着いて、音色くんはまた私のところに戻ってくると思ったのです。

これでまた、彼は私との時間も、いっぱい作ってくれる。また二人だけの暮らしに戻れる。そんな予感に溢れていました。

しかし、シャワーを浴びてパンツを穿いた音色くんは、床を睨《にら》みつけながら、私の予感を踏みにじるように言いました。

「凜ちゃん、おれさ、やっぱこのチャンス、逃したくないんだわ」

その言葉を聞いたとき、この人は何を言っているのだろう？　と、強く疑問に思いました。音色くんの主張は、少年マンガ誌によく出てくる、頭の悪い主人公のようでした。宮部あきらに散々叱《しか》られたのなら、彼はとっくに敗北しているわけで、今の彼にはどんなチャンスも残っていないはずなのです。

音色くんは、まだ濡れた髪をもしゃもしゃと掻きながら、言いました。

「今、頑張れば、一生音楽で食っていけるかもしれないのね。周りも、就職とかしてるし、おれは音楽でやっていけるって、ここで証明したいんだよ」

頑張りどころは、もう終わったのではないか。そしてそんな理由で、今が頑張り時だと、本気で思ったのでしょう。

「別れ際にね、マネージャーの人が言ってくれたんだ。もう一度、別の曲でお願いできないかって。これって、チャンスはまだあるって意味だと思ったの。実際、宮部さんに送った曲は、なんていうか、『自転車』よりも、こう、なんていうの」

「大衆的？」

「そう、タイシュウテキにさ、ウケるやつ作ろうとしちゃってたんだよ。やっぱり最前線で活躍してるクリエイターは、違うよな。一発で見破られちゃったんだ。次はもっと、宮部さんが納得するもの作って、それで、宮部さんと一緒にやりたいんだ」

急に、彼の痩《や》せた体が、ただ貧相なだけに思えてきました。自分自身すら支えられなそうな、安っぽくて、弱い体。

「だから、ごめん」

大した器でもないくせに、夢だけは一丁前に見て、見栄だけで自分の進退を考えていたい、小さな脳味噌。

「もっと音楽に集中したいから、しばらくの間、一人にさせてくれないかな」

チビ。音痴。不潔。

たしかに私は、寝食を忘れて何かに没頭する人間を好きだと思っていました。でも、音色くんにはそれを求めてはいなかったのだと、この時初めて、ハッキリとわかりました。私は彼が成功者にはなれなくても、生活者として日々に足跡を残していけたら、それで十分だったのです。

音色くんは、私を強く抱きしめました。それが、二カ月ぶりの抱擁でした。私は、都合の悪いときに誤魔化すようにハグしてくる男が嫌いだと、前にも言わなかったかと考えていました。それでも体は、久しぶりに彼の肉体に触れたことを喜んでいるようでした。またお腹の下あたりで、トクンと音が鳴った気がしました。

「ごめん」

よく謝る人だな、と思いました。この人はもう、音楽を言い訳にして、私から逃げたいだけなのだと思いました。私みたいにトロくて鈍臭い上に、妙に批評家ぶった思考を持った女とは、一緒にいたくないのだと、「ごめん」の一言で伝わってきました。

「そんなに、嫌？　私のこと」

私は念のため聞きました。もう率直に聞いても壊れるものはないくらい、全てが壊れていた気がしました。

「嫌じゃないよ」

「だったら、静かにしてるから、できるだけ話しかけないようにするから。そばにいちゃダメかな？」

「うん、それは」

二カ月間、一度も抱かれなかったこと。その事実から、すでに答えはわかっていました。

「ごめん」

音楽だけが、彼を勃起させるとでも言うのでしょうか。それほどまでに、彼は、音楽に愛され、音楽を愛した人なのでしょうか。一緒に生活している限り、私には到底、そうは思えませんでした。この人は、音楽をやっている自分が好きなだけで、音楽自体を好きではない。ギターを背負っているときだけ、主人公になった気でいる、普通の男の子なのだと、私は思っていました。そして、私が好きだったのはきっと、普通の男の子でいるときの音色くんだったのです。

私は音色くんから離れると、ベッドの奥にある部屋の窓を開けました。網戸も開けてしまうと遮るものがなく、暑苦しい空が、間抜けそうに広がっていました。

ベッドに乗ってから、少しだけ身を乗り出して、窓の下を覗きました。隣のマンションの駐車場が見えます。車はすべて出払っていて、コンクリの無機質な空間が、ぽかんと口を開けていました。

彼がどんな表情をしていたか。振り向いていないから、わかりません。

私は、ベッドの横に置かれたギタースタンドをギターごと一緒に摑むと、一息で窓の外に投げました。

赤色のテレキャスターは想像していたよりも軽くて、音色くんみたいだと思いました。

晴れた青空に浮かぶ、赤色。

次の瞬間、木と金属が破裂する、大きな音が響きました。耳を塞ごうとする頃には鳴り終わっている、鋭く短い音でした。窓から下を覗くと、ネックとボディが分裂し、他にも様々なパーツが四方八方に散らばっていました。人が飛び降りたみたいだ。そう思うと、急に誰かを殺したような気がして、私は怖くなり、ワーッと叫んで、泣きました。どんな感情だったのか、わかりません。ただ叫んで泣くことしか、できなかったのです。

音色くんは、私を怒鳴ることも、殴ることも、慰めることもせず、パンツだけを穿いた状態で、ただ突っ立って私を見ていました。その冷たい視線は、私が出演した舞台でたった一人の観客だったあの人を思い起こさせました。顔はよく覚えていませんが、あのたった一人の観客も、私の芝居をこんなふうに冷たく哀れんだ目で、見ていたのでした。私は、目の前に立ち尽くす音色くんがあの観客だったのではないかと思い、猛烈な目まいに襲われて、その場で嘔吐しました。

手で抑えようとしましたが、嘔吐物は右手からかんたんに溢れ出て、シーツにダラダラと垂れました。涙と嘔吐物で汚れたベッドは、ただただ気持ち悪くて、私は台所の流しまで、ヨタヨタと逃げました。嘔吐物を受け止めようとした右手は、強い刺激臭を放っていました。

手を洗って、口をゆすぐと、呼吸が落ち着くまで、流しを見つめていました。使い古された流しは、常にぼんやりと曇っていて、私のシルエットだけをうっすらと映していました。きっと、酷い顔をしていただろうから、曇っていて良かったと思いました。

着ていた部屋着にも、嘔吐物が付いていたので、そのまま流しに脱ぎ置きました。それから、口の中に溜まっていた痰《たん》を何度か吐いて、水をコップ一杯分、ゆっくりと飲みました。最後に、クローゼットまで歩いて、一番上にあったワンピースに着替えました。その間も、音色くんは一歩も動かず、一言も発さず、ただ立っているだけでした。

「掃除したら、出ていくから」

私がそう言っても、彼は返事をしませんでした。私は一人でベッドのシーツを剥がして、処理しようとしました。シーツに溜まった嘔吐物が、ゆらゆらと揺れていて、中から化け物でも出てきそうでした。あまりに汚かったので「ごめんね」と謝罪すると、彼も「おれもごめん」

と返しました。空気を読んで、神妙な面持ちをしているようでした。もうそんな必要ないのに、と思いました。

シーツと部屋着をざっと水で流してから、洗濯機に放り込むと、私は身支度を始めました。部屋を見回してみると、あまりに自分の私物が少ないことに気付きました。ずっと一緒にいられると思っていた割に、いつでも別れる準備ができていたかのようでした。そのことが悲しくなって、一度、作業の手を止めました。別にそんなに、急いで出ていくことはないよと、音色くんが言いました。

「フッておいて優しくするのは、ある意味モラハラだと思うよ」

私は笑ってそう告げてから、開けっ放しの窓を見ました。朝の割に、月が随分とハッキリ見えました。綺麗な半月でした。もともと丸かったものをはんぶんこしたような、不思議な寂しさが滲んでいました。彼とは何度も、月夜の散歩をしていました。夜行性だった二人は、太陽の光よりも月の光で生きているように思えました。

これからは、どれだけ綺麗な月が見えても、一人でその下を生きていくしかないのです。そのことを思うと、また涙が滲んできそうでした。

好きなまま、別れる恋もある。

心にそう言い聞かせながら、私は荷物の整理を再開したのでした。

5. 夜漁り

康介《こうすけ》から借りたギターがスポットライトに照らされて、刺身みたいに輝いている。ボディ全体にラメが鏤《ちりば》められた、悪趣味なデザイン。ギラギラしたストラトキャスターは、肩からぶら下げてみると、ＳＦ映画の安っぽいコスプレみたいだった。これを見たファンは、おれを下品な人間だと思わないだろうか。不服に思いながらマイクスタンドの位置を直す。前を向くと、複数のカメラがこちらを睨みつけていた。

「じゃあ、バンド全体の演奏パート、あと三回くらい撮っていきます。リアリティ欲しいんで、本気で弾いちゃってください！」

ディレクターの指示が飛んで、その後、カウントダウンの声が響いた。五秒前。四、三、二。

ドラムの玄也がスティックでカウントを入れて、演奏が始まった。ブルーガールが『自転車』の次の曲としてリリースを予定している新曲、『City』。バンドの知名度を一気に押し上げた前作よりもキャッチーでありながら、予想できない構成を目指した。自分のバンドが一発屋で終わらないために、この日までストイックに曲作りに励んできたんだ。その自負を持って、おれはマイクに向かって叫んだ。この日、何度目の歌唱シーンか、わからない。

ミュージックビデオの監督となった宮部さんは、スタジオの入り口近くに設けられたモニター席で、おれたちの演奏を見守ってくれている。その表情はほとんど変わらなくて、撮影が順調なのか、うまくいっていないのか、見た目だけでは判断がつかない。

おれはそんな宮部さんの態度にも、腹が立っている。どうしたら演奏がうまそうに見えるか。どのように立てば格好良く見えるか。監督なのだから、もっとアドバイスをくれてもいいじゃないか。演者と議論しながら作るからこそ、最高のＭＶができるんじゃないのか。

撮影を開始してから、すでに三時間が経過していた。ほとんど発言をしない監督を、おれは一瞬だけ睨《にら》みつけた。


「いいんじゃない？　この曲なら」

宮部さんがおれたちにそう伝えたのは、この撮影の一ヵ月前だ。一度、宮部さんにこっぴどく叱られてから、おれたちは改めて楽曲のコンセプトから考え直して、一切妥協せずに新たな楽曲『City』を作った。

再び事務所に呼び出されたおれたちは、宮部さんのそっけなくも肯定的なリアクションに、歓喜した。

「ブルーガールはさ、楽曲中に同じフレーズが二度出てこない破天荒さがウリじゃない？　徹底的にバラバラの構成がいいんだから、それを活かすために、フレーズごとに別の役者を立てて、群像劇にするの、どう？　あ、バンド演奏は、その合間合間で瞬間的に、でも、断続的に流す。四分半の映画を作る感じかな。オチはまた考えるけど、全体の構成は、それでどう？」

　ぶっちゃけて言うと、おれは宮部さんのアイデアを、特別おもしろくは感じなかった。もっと突飛な企画でもいいように思えた。でも、今回のミュージックビデオはブルーガールの新作でありながら、宮部あきら作品の新作として世に出る意味の方が大きくなる。そう考えると、宮部さんが挙げたアイデアは、いかにも宮部あきら作品らしく、一ファンとしても頼もしいものに思えた。

　いくつかの段取りを経て、撮影はスタートした。宮部さんが自らキャスティングした役者の中には、宮部さんの出世作と言われる映画の主演俳優までいた。ブルーガールが提示した予算では絶対に動かないような俳優陣が、当たり前のようにカメラに映った。おれは単純に興奮した。

「これ、すげえよ。絶対バズるじゃん」

「な。俺たち、大変なことになっちゃうかもな」

　玄也も、やっぱりおれと同じように思ったみたいだった。数カ月前までライブハウスにお客ひとりすら連れてこられなかったおれたちが、こんな作品を作ったのだ。ロケの時間は魔法のように輝かしく、いつか消えてしまうように思えた。

　役者を起用したパートは、三日にわけて撮影された。その三日間のうち、おれたちが登場するシーンは一つもなかった。その後、別日にバンドの撮影予定が組まれた。都内にあるスタジオに呼ばれたブルーガールは、五時間に渡り、ひたすら同じ曲を演奏し続けた。おれは、どんなミュージックビデオになるのか、もはや想像もつかなかった。演奏している姿がいろんなアングルで切り取られていくことに、妙なエクスタシーを感じるだけだった。事実、おれは演奏中、勃起している自分に気付いて驚いた。

　結局宮部さんは、撮影スタッフに指示をすることはあっても、おれたちに指示を出すことは一度たりともなかった。そのまま撮影が終わったので、おれは宮部さんに、少しの不満をぶつけた。

「あの、おれたち、これで大丈夫でしたか？」

「あ、うん。取れ高は十分」

「あ、違くて。こう、演技というか、演奏の印象というか、そういうの、大丈夫でしたか？」

「ああ。良かったと思うよ？　あとはこっちで、編集とかするし」

　一瞬だけ向けられた宮部さんの笑顔は、明らかな作り笑いだった。その直後に覗いた横顔には、不快感すら現れていた。スタジオから控え室へ向かう廊下は、やけに冷房が効いていて、肌寒いくらいだった。

　楽器を片付けると、おれたちは追い出されるように撮影スタジオの外に出た。青かった空は黒く塗り替えられていて、雨でも降りそうな夜だった。中央街の大通りには無数のタクシーが渋滞を作っていた。

　混雑している大通りと街の喧騒を見て、おれは今日が金曜日だと気付いた。宮部さんを飲みに誘ったら、いろいろ話を聞けるかもしれない。そう思ったが、バンドメンバーだけ先に帰された手前、こちらからは誘いづらかった。スタジオの入り口まで見送ってくれた宮部さんのマネージャーは、とても美人だった。でも、どこか疲れた様子が見えて、そのことをかわいそうにも感じた。

「お腹空かない？　ご飯食べてこうよ」

　地下鉄の駅まで歩いている途中で、ギターの康介が言った。康介は妊婦かとよく弄《いじ》られる腹部を手でさすった。「リズム隊にデブが多いっていう偏見は、俺が全て覆すから」と以前スタジオで言っていたのを思い出して、笑いそうになる。ドラムの玄也とベースの俊彦《としひこ》も、飲みに行くことに賛同していた。おれはメンバーと飲みに行くなんて、しばらくしていなかったことに気付いた。

『自転車』がヒットしてから、ずっと曲作りに没頭していた。ここで気持ちを緩めると、本当に一発屋で終わってしまうと思って、これまで以上に必死に、音楽に向き合ってきた。その努力が報われて、こうして形になりそうなのだ。たまには飲みに行くのもいいかと賛同したかった。でも、おれには手持ちの金がなかった。

「今月、金ないからやめとくわ」

「え、そんな極貧？　バイトは？」実家住まいでアルバイトもしていない俊彦が、鼻をフスフスと音立てながら、半笑いで言った。俊彦は知らぬ間にベースのエフェクターの数を増やしていた。おれは壊れたギターのスペアすら持っていない自分との環境の違いを、恨めしく思った。

『City』の制作に専念するために、しばらくアルバイトを休んでいた。『自転車』の配信数に応じたアーティストへの還元も、まだ先の支払いになる。貯金を崩して生活していたが、今回のＭＶの制作費もかかるから、早々に限界が近づく感覚があった。

生きていくには、金がいる。当たり前の事実に苦しめられるのが、しんどかった。スーパーで半額になった惣菜を買って、それを三日に分けて食べているとき、別れた彼女の顔が浮かんだ。凜ちゃんは、安い食材を見つけるのも、それを工夫して長く使うのもうまかったのだと、別れてからわかった。そんなときばかり凜ちゃんのことが浮かぶのもまた、彼女を家政婦か何かのように扱っていた証拠のように思い、情けなくなった。

電車を乗り継いで、一人で最寄り駅に着いた。四つしかない改札機が、退屈そうに並んでいる。おれは一番右端の広い改札機を通ろうとした。財布を改札機に擦り付ける。すると、残高不足を知らせるアナウンスが響いて、ゲートが閉まった。社会から排除されたような疎外感が残って、あとから恥ずかしくなる。舌打ちで、それを誤魔化した。

精算機の前で財布を開ける。千円札が二枚と、十円玉が三枚。これだけで今月は、残り十日を乗り越えなければならない。そう考えると、今のおれにはＩＣカードに千円札をチャージできるほどの余裕はなかった。正直に言えば、百円程度の精算金額すら、惜しく感じた。

あれだけサブスクで楽曲が再生されて、知名度を得ても、現実では改札ひとつ潜れないのだ。そのことが酷く口惜しい。おれは周りに誰かいないか、それとなく確認した。小さな駅の改札には、駅員の姿すら見えなかった。

次の電車が到着するまで、あと五分ほどあった。

おれは携帯電話を取り出すと、ＳＮＳを開いて、自分の名前やバンド名で検索をかけた。いくつもの好意的な投稿が表示される。そのくらいで満たされてしまう自尊心が情けない一方で、ブルーガールを応援する言葉を見つけるたびに湧き出てくる勇気を、信じていたかった。

電車がホームに到着するアナウンスが聞こえた。一分もせずに、こちらに向けて複数の人影が向かってくる。おれは携帯をポケットにしまうと、ギターケースを背負い直した。いくつかの人影の中から、歩調がゆっくりとしている男に照準を定める。その男の後ろに、さりげなく近づいた。

改札を通過する直前。男の背中に張り付くようにして、一緒にゲートを、擦り抜ける。

通り過ぎた直後、ブザーが鳴った。体はすでにゲートを通過していたのに、扉が閉じるタイミングで、ギターケースがひっかかっていた。慌てて体を反らして、前方に逃げる。今度は前を歩いていた男にぶつかって、相手の踵《かかと》を踏んでしまった。

男は振り返って、おれを見た。

顔を一瞬確認した後、背中のギターケースを見て、再度、おれの顔に視線を戻した。ホクロの数でも数えるように、ジロジロと見回された。

「キセル、した？」

男は短く、鋭い声で言った。暴力的な声だった。この人は、暴力を振るったことがある人だと、直感でわかった。おれは、自分の体が細い線のように、薄く萎んでいくのを感じた。

「してない、ですよ」

かぶりを振った。うまく言えた気がしなくて、「まさかそんな」と、余計なことも加えた。男は、おれの顔から目を離さなかった。これ以上は、何も言わないことを決めた。次に声を上げれば、付け込まれる予感がした。怯《ひる》んだら負けだと直感した。背中と耳の先が、じわじわと熱くなった。背負っていたギターが、熱を持ったように感じた。

「本当に、してない？　調べれば、すぐにわかるけど」

男が顔を近づけた。本当にキセルをしていなかったとしても、「した」と言ってしまいそうな迫力があった。おれは悟られないように男の目を強く見返して、素早く頷《うなず》いた。駅員に調べられたら、バレてしまうことは明白だった。どうにかその前に、男が去ることだけを願った。実際は五秒くらいだったのかもしれない。体感では三十秒ほど、男の顔が、鼻に触れそうなほど近くにあった。

「なら、いいんだけど」

そう言うと、男はおれから離れて、またゆっくり歩き出した。おれは、気付かれないように息を吐き、脱力した。膨張して固まった空気が、急に動き出すような感覚があった。汗がドッと吹き出て、体が再び皮膚呼吸を始めたのを感じる。大きくため息をつきたかったが、男の背中が見えなくなるまで、平常心を貫いた。

自宅の玄関を開けると、二十二時を過ぎていた。何も食べずに帰ってきたが、先ほどの緊張が抜けず、空腹はとっくに裏返っていた。おれは靴を脱ぐと同時に、ギターとエフェクターケースを床に下ろした。履いていた靴は、買った当初は丁寧に靴紐を解いてから脱いでいたのに、今は両足の踵を擦り合わせるようにして、脱ぎ捨てている。いつからこの脱ぎ方に切り替わってしまったのか、思い出そうとしたけれど浮かばなかった。

着替えることもなく、おれはそのままベッドに飛び込んだ。体重に負けて布団がズブズブと形を変えながら沈んでいく。このままどこまでも、潜っていけそうだった。

部屋の隅に置かれたベッドから、眼球だけを動かして部屋を見回した。凛ちゃんが出て行ってから、二ヵ月近く経つ。それでもこの瞳は、少し広くなった部屋をなかなか見慣れてくれない。

誰かが何かを、盗んでいったような気がしてしまう。もしかしたら実際に、盗まれたのかもしれない。「あるべきものがない」という意味では、きっと彼女の私物は、おれにとってはもうそこにあって当たり前のものだったのかもしれない。持ってきたのも彼女だったのに、盗んでいったのもまた、彼女だった。

「凛ちゃん」

布団に埋もれたまま、彼女の名前を呟《つぶや》いた。彼女が盗んでいったものは、部屋の荷物だけでなく、二人で過ごした時間と、自分の心までだったと、電気もついていない部屋で思った。

それでも、こちらからは連絡できない。

何度も携帯に凛ちゃんの連絡先を表示させたが、一度も送信ボタンは押さなかった。変な意地やプライドによるものだと、自分でもわかっている。でも、『自転車』の次の曲が世に出ていないうちは、連絡は許されないと思った。でないと、なんのために凜ちゃんを追い出したのか、わからなくなるからだ。

　恋はきっと、そうした我儘《わがまま》の積み重ねでできている。相手を想ったフリをして、自分を肯定したり、失ったことをきっかけにして、悲劇の主人公を気取らせたりするためにある。凜ちゃんとの恋もきっと、そんな二人の我儘がバランスをとるように配置された結果、奇跡的に成り立つものだったのだ。

　いつかそんな曲を作って、凜ちゃんに聴かせたい。そんなことを考えていたら、いつの間にか眠ってしまったらしい。その日、おれは、夜を漁《あさ》るようにして抱き合っていた、あの頃のおれと凜ちゃんの夢を見た。

*

「音色くん、今夜空いてます？　よかったら、飯でも」

　空気が途端に乾燥し始めたように感じて、今シーズン初めてハンドクリームを買った日だった。ハンドクリームは油分が多いものだと演奏にも支障をきたしそうで、いつも好みのものを見つけるのに時間がかかる。ドラッグストアは女性向けのものは種類が豊富なくせに、男性ものはほとんど置かれない。それでも毎年買っているものをどうにか見つけ出して、一つ買う。そんなことから、秋の訪れを感じていた。自宅に戻り、今日の夕飯はどうするかと考えていたところに、宮部さんから連絡があった。

「ミュージックビデオのこともあるけど、飲んだことないし、どうだろう？」

宮部さんからのメールにはそう書かれていた。メンバー全員ではなく、自分にだけ個人的な連絡をもらえたことが、素直に嬉しかった。メールに添えられたURLは、中央街にあるおでん屋を指していた。

「すぐに行きます！」と送ると、「一人で始めてるから、ごゆっくり」とすぐに返事があった。おれはハンドクリームを一度塗りこんでから、デニムに財布を突っ込んで、家を出た。

ラッシュの時間帯と金曜の終電間際を除けば、地下鉄はそこまで混雑しない。都内に引っ越してから気付いたことだったが、この日も電車には人がまばらだった。中央街駅で降りると、まっすぐにおでん屋を目指した。

「ああ、お疲れ様」

店に着くと、入り口にほど近いカウンター席に座っていた宮部さんが、手を挙げた。十席程度のカウンターはとても狭く、座席の後ろは、人ひとり通るのがやっとのスペースしかなかった。ほかの客のリュックサックがいくつか壁にかかっていて、通路はさらに狭く思えた。

カウンター席は座面がやけに高かった。身長が低いおれは、ジャングルジムに登るように腕の力を使って、宮部さんの隣に腰掛けた。

「遅れてすみません」

「いやいや、急に呼び出してごめんよ。何飲む？」

差し出されたメニューは、太字の筆ペンで殴り書きされていて、うまく読むことができなかった。変わったものがあるわけではなさそうだとわかると、「とりあえず、生で」と店員に言った。

「あ、生ビール、これだけ種類がありまして」

店主と思われる男性が、メニューを裏返した。ビールだけで四種類書かれている。店主は自慢げにそれらを指さして、常識だと言わんばかりに、ひとつひとつ説明した。おれはこういう店が苦手だった。生ビールくらい一種類でいいし、食事に余計な脳を使わせないでほしいと、言いたくなった。

「一番普通のやつをください」

「じゃあ、琥珀《こはく》ですね」

店主は残念そうに言って、キッチンに消えた。宮部さんは、こういう店が好きなのだろうか。そっと横顔を覗いたが、素知らぬ顔で携帯を触っていた。

「お忙しいんじゃないですか？　おれなんかに時間割いて、良かったですか？」

座席に座り直して、声をかける。沈黙が怖い飲み会は、久しぶりだった。

「ああ、うん、まあ、忙しいのはいつもだから。ゆっくり話してみたかったし」

「宮部さんは、飲んでからも仕事ができる人ですか」

「うん。編集くらいなら、飲みながらの方が調子いいな」

「すごいです。おれ、一度飲んだらもう、曲も作詞もできないです」

「いや、それが普通だと思うよ」

宮部は少しも笑わずに言った。もう何杯目なのだろうか。撮影のときよりも赤茶けた肌をして、日本酒を舐めるように飲んでいた。

「音色くんも、忙しいでしょ。『自転車』、さらに伸びてるもんね」

「ああ、そうですね。なんか、あの曲だけ手の届かないところに行っちゃった感じで」

「どう？　有名になった気がする？　モテるでしょ」

「いやいやいや！　あの、今日も普通に、電車で来ましたよ」

　おれはハハハと笑ってみたけれど、宮部さんの表情は少しも変わらなかった。何を考えているのか、相変わらずよくわからない。店主がビールを運んでくると、「それじゃあ、乾杯」と、宮部さんは冷酒の入ったおちょこをおれのグラスにかすめさせた。

　あの宮部あきらと、二人で飲んでいる。おれは今の状況を客観的に振り返り、高揚した。帰り際に、店主に写真を撮ってもらおうと、そのことばかりが頭をよぎるようになった。肝心の宮部さんの話は、酒に酔っているのか、声が小さくて、ところどころ聞こえにくかった。

「音色くんは、影響受けてるアーティストとか、いるの？」

「え、あ、おれですか？　おれ、前も言いましたけど、宮部さんの影響、めちゃくちゃ受けてますよ」

「いやいや、そういうんじゃなくてさ。バンドとか、音楽やってる人でさ」

　そう言われて、おれは自分が音楽を始めたきっかけとなったアーティストの名前をひとつ挙げた。「ああー、そうなんだ。ちょっとわかるなあ。この前飲んだけどさ、雰囲気、ちょっと似てるよね？　歌詞も、どことなく共通点がある気がするよ」

　おれはさらに興奮した。おれの好きな人が、好きな人と、飲んでいる？　そんなの最高じゃないか。いいな。いつか自分も、そこに居合わせたいな。そんなことを思った。

「そのうち会わせてあげるよ。きっと音色くんのこと、彼も気になってると思う」

「え！　いやいや、いいですよ。そんな。自分で、ちゃんと実力つけて、会います。それまで頑張りますから」

「そう？　あいつ、そんなすごいかなあ」

　宮部さんは冷酒を注ぐと、空になったとっくりを持ち上げて「同じものを」と店主に言った。もう何合目だろうか。酒が進むたびに声が小さくなっていく宮部さんのことが少し心配になった。日本酒はすぐに運ばれてきて、宮部さんはそれをまたおちょこに注いだ。それに口をつける前に、「ちょっとトイレ」と言って、ヨタヨタと便所に吸い込まれていった。

　あっという間に二十一時を過ぎていた。それでも客はあまり増えてこないので、店の景気が悪いのだろうかと心配になった。達筆すぎるメニューを見返してみる。おでんの具材の値段を見たら、玉子ひとつに信じられないような価格が付けられていた。平日の夜から埋まるような店の単価ではないことを、把握した。

　宮部さんはしばらく戻ってこなかった。待っている間に携帯を見ているのはなんだか失礼だと思ったので、おれはひたすらメニューを裏返したり、店内の食器の数を数えたりして、時間を潰した。皿を四十まで数えたところで、やっと宮部さんが、携帯を見ながら戻ってきた。

「で、あのＭＶなんだけどさ」

宮部さんは椅子に座り直すなり、言った。トイレで吐いたのだろうか。先ほどよりも、顔色が良くなっている気がした。

「いいもの作りたいじゃない？　それで、いろいろ編集してるんだけどさ」

「はい」

「やっぱり俳優陣が強いじゃない、今回」

「ええ。本当に、すごかったです」

すかさず同意した。複数名の有名俳優は、どなたも宮部さんの声がけによる友情出演だった。そうでなければ、おれたちが用意しなければならない制作費は数十倍に膨らんでいただろう。

「それで、音色くんに、相談なんだけどさ」

嫌な予感がした。宮部さんがおれに相談なんて、するはずがないからだ。この人は全てを、自分で決める。だからきっと、今からする話は「相談」ではなく「説得」だ。宮部さんは続けた。

「今回のＭＶ、バンドの演奏シーンを、なくしちゃダメかな？」

ストーリーに特化した方が、いろんな人が見てくれると思うのよ。ほら、最近、役者使ったショートムービーみたいなＭＶ、多いじゃない。あれって、ただの流行じゃなくて、ちゃんと理由があるのよ。もうバンドは演奏シーンを求められてないっていうかさ、飽和してんのよ、結局。

急に饒舌《じょうぜつ》になった宮部さんの声が、徐々に遠くなっていくように感じた。

おれは、宮部さんがこの話をするために自分を呼び出したのだと、このときになってようやく気付いた。ウカツだった。あの宮部あきらが、こんな新人ミュージシャンに興味を示すわけなかった。

ここまで散々楽しく話しておいて、まさかこの話を断る気はないだろう？　宮部さんはそう説得してくるような目をしていた。メンバーには、なんて言えばいいのか。自分たちが出演しないことで、ブルーガールはどのような印象のバンドとなるのか。おれには見当もつかなかった。

「考えさせてください」の一言も出てこないのは、宮部さんがもう、この話は終わりと言わんばかりに、携帯を見始めたからだった。

「あの、嫌だと言うつもりはないんですけど、念のため、メンバーとも話し合いたくて。拒否権とか、ないですよね？」

宮部あきらに逆らうべきではない。頭ではわかっていても、うまく咀嚼《そしゃく》できなかった。ブルーガールの、初めてのミュージックビデオ。おれたちにとって譲れないものであることは、言うまでもなかった。

「んー、別にいいよ？　ただ、バンドメンバーが出たところで、売れないと思うけどね」

宮部さんは、携帯から目を上げずに言った。

だったら、あの撮影の前に言ってくれれば良かったじゃないですか。当日だって、うちらのどこが悪くて、どうやったら格好良く見えるかって、教えてくれなかったじゃないですか。あの時間は、スタジオ代は、何だったんですか。その分の制作費も、うちが持つんですか。

おれは、言いたいことを喉元まで溜め込んで、ビールで一気に流し込んだ。

いいんだ。知名度だけなら、話題性だけなら、宮部あきらの作品は、間違いないんだ。

もう一度宮部さんの横顔を見た。まだ携帯電話を触っていた。「お忙しいですよね」と言うと「ああ、なんか、最近親しいAV女優がいてさ」と、画像を見せてきた。見たことがある人だった。それから、ミュージックビデオの話なんて最初からなかったように、AV女優とのやりとりを延々と聞かされた。

別れ際、「MVの件、任せてくれたら、大丈夫だから」と、宮部さんはさして重要でもないことのように言った。

宮部さんの言ったことが現実になったのは、おでん屋で飲んだ翌々日のことだった。ブルーガールのメンバー全員に送られた、ミュージックビデオの最終版。そこにおれたちの姿は、一秒たりとも映っていなかった。

「流石におかしいっしょ。クオリティは高いと思うけどさ、これもう、俺たちってわからないじゃん。俺たち、顔出ししないバンドにでもなんのか？」

一番怒っていたのは、ドラムの玄也だった。急遽《きゅうきょ》集まることにしたおれたちは、バンド名を決めた古いファミレスのソファ席で、かれこれ二時間はミュージックビデオについて話していた。店内はFMラジオがかかっていて、相変わらずファミレスらしさを感じさせない、どこか殺伐とした雰囲気があった。

　この映像を見て一番怒りそうだと予想した相手が、玄也だった。やはりその予感は的中したようで、玄也は長い黒髪を野武士のように頭にまとめなおしながら、もう一回観るわと、ノートPCの再生ボタンを押した。他の二人は、怒りというよりは失望に近い顔をして、退屈そうに腰掛けていた。玄也だけが、ひたすらに憤っていた。

「怪しいと思ってたんだよ。撮影中も一言も口出ししてこねえし。最初からこうするって決めてたんだろ」

「いや、宮部さんも、無駄な撮影をわざわざする人ではないと思う」と言ってから、おれは宮部さんを擁護している自分がなんだかいやらしく感じた。

　玄也は「無駄な撮影ってなんだよ」と、また文句を垂れた。

「でも、宮部さんのMVは、客観的に見たら、いいものだとは思う」

　ギターの康介が言った。四段のパンケーキを平らげたばかりで、少し眠そうにも思えた。おれもノートPCを覗き込んだ。確かにこれは、映画のようで、唯一無二のミュージックビデオになったと思う。きっと話題になるし、『自転車』の次の一手として、ふさわしいものにも思えた。高いクオリティだからこそ、玄也も怒っているのだ。このクオリティに自分たちの存在は相応《ふさわ》しくなかったと、そう宣告された気がして、許せなかったのだ。

「宮部あきらはさあ」

玄也が言ったところで、その声が、誰かとハモった。おれたちは全身が針金になったように黙った。耳をそばだてる。店内ＢＧＭとして流れていたＦＭラジオ。パーソナリティの女性が、確かに「宮部あきら」と言った。

「今、宮部って」「しっ」

俊彦の声を慌てて封じた。ここ数日、よく聞いていた声が、スピーカーから流れてくる。

「宮部あきらです。よろしくお願いします」

「これ生放送？」康介が目を覚ました直後のように言う。おれたちは戸惑いながらも、放送に集中した。ラジオパーソナリティと宮部さんのやりとりは、自己紹介から近況報告に移っていく。

「宮部さん、最近公開された話題の映画の脚本も務めていますし、テレビＣＭも作ったりと、本当にお忙しいんじゃないですか？」

「まあ、慣れましたけどね。ずっと走ってないと、勘も鈍るので」

安定して低い宮部のテンションに、パーソナリティはやりにくそうだ。宮部さんの相手役は、毎回苦労するのだろうと思った。

「今日のテーマは〝怒り〟なんですけど、宮部さんは、最近怒ったことって、ありますか？」

怒りてえのはこっちだよ、と、玄也が言った。さっきから、ヘアゴムで髪を結んだり、解いたりしている。

「怒ったことですか？　しょっちゅうですけどねー」宮部さんは笑いを取った後、淡々と言った。

「つい最近の話ですけど。あ、これ、生放送で言っていいのかな。ま、いいか。あの、若いミュージシャンから、仕事の依頼が来たんですよ」

　おれは突然、知らない男にキセルを疑われた夜を思い出した。凛ちゃんが、泣きながら嘔吐した朝を思い出した。誰も客がいなかった、ライブハウスの光景を思い出した。その時と似たような、内臓を絞られるようなストレスが、襲いかかってきていた。止めようと思っても、店内のラジオは止めようがなかった。

「最近の若い人って、すぐ売れたいとか言うじゃないですか。そのギラギラした感じ、嫌いじゃないんですけど、でもちょっとね、薄っぺらいっていうか。いや、実力なくても売れる時代になったってことだと思うから、それ自体が悲しいですけどね。でも、そういうやつって現実を知らないしさ。微妙なんですよ、なんか。最近の売れそうなところ、マーケティングで狙いましたー、みたいな感じが透けて見えちゃってて。これ以上調子乗らないといいなーって、本当は思ってます。ははは」

　その声が何かに遮られることは、最後までなかった。閑散とした店内に、宮部さんの声だけが、無慈悲に響いていた。

6. 固まって喜んで

「そういう意味で、アタシは宮部さんの作品が、好きなんですよぉ」

　隣に座った女の人が、聞いてもいないのにそう言った。色黒だった肌はさらに赤みを帯びていて、さっきから目の焦点が定まっていないようだった。心配するふりをして、彼女の腕についていた時計を覗き見た。まだ二十二時前だ。他人《ひと》のバンドの打ち上げでよくここまで酔えるものだと、逆に感心していた。

　ライブの打ち上げにファンは呼ぶなと、前から玄也たちには注意していた。この人は、どこから紛れ込んだのだろう。共通の友人がいるのかと周りを見回すと、すぐ横に、犯人と思われる人物がいた。ギターの康介だ。

「えー！　早苗さん、前からそんなに宮部さん推しでしたっけえ？」

　女の人の話に、食い気味に反応している。二人ともやけに親しそうだ。彼女は康介のぶっとい二の腕を、ぱしぱしと軽く叩いた。簡単なボディタッチで、康介の目は露骨に男のものに変わった。ウブなデブめ。

　打ち上げに参加できるのは、メンバーの友人まで。四人で決めたルールだ。友人の友人はアウトのはずだから、早苗さん、と呼ばれたこの人は、あのデブの友達ということになる。康介に女性の、さらに言えば、こんな遊び慣れていそうな女性の友人がいたなんて、想像もつかなかった。果たしてこの人と康介は、どういった関係なのだろうか。さっきからよく喋っているけれど、喋れば喋るほど、話を聞く気がしなくなるのは、ある意味才能だ。康介はどうせ、色気に負けてしまったんだろう。

打ち上げ会場に模様替えしたライブハウスのバーフロアには、三十名ほどの人がいた。レコード会社の社員や一部のメディア関係者を除くと、多くは古くからブルーガールを見てくれていた友人たちだ。打ち上げというのは名ばかりで、乾杯の挨拶が終われば、あとはいつも通りの飲み会に違いなかった。

大きなハコでライブを終えて、無事に打ち上げをしている。その事実はそれなりに誇らしくはあった。でも本音を言えば、おれらは打ち上げなんかよりも、反省会を開くべきなんだ。

今日のライブは、大きな手応えがあったと同時に、課題がいくつも見つかった。そんなの当たり前だ。『自転車』の大ヒット以降、はじめてのライブだったのである。つい数カ月前まで客入りほぼゼロでライブしていたおれたちが、いきなりキャパ六百のハコでワンマンライブをしたのだ。それも、チケット即日完売の大盛況で。

浮かれて当たり前だし、ボロボロなのも当たり前だった。公演直後は興奮が冷めなくて、頭も体もボーッと熱を持っていた。それも収まってくると、今度は酷かったシーンばかり頭に浮かぶようになる。玄也はラスト二曲くらいまでずっとリズムが走りっぱなしだったし、康介は全く指が動いていなかった。おれも高音が出るようになるまでいつもの倍は時間がかかったし、安定していたのは俊彦のベースくらいだ。

　でも、何より問題だったのは、演奏の技術どうこうではない。『自転車』に続く新曲『City』が、予想の半分も盛り上がらなかったことだ。『City』は、宮部さんがプロデューサーになって作った曲と言っても過言ではないほど、あの人のアイデアをベースに制作された。たくさんの実験と挑戦をして、ロックバンドとしての新境地を切り開いたつもりだった。

　でも、世間の反応は、どうだ？　メンバーが一秒も出てこないミュージックビデオは再生回数が『自転車』の半分以下で、配信ランキングでもトップテンにすら入らない。ＳＮＳでもコメントはほとんど見られず、そこにダメ押しの、今日のライブだ。今隣に座っている早苗さん、と呼ばれる人は絶賛してくれていたけど、全体の評価は、ステージに立っていればわかる。

　今夜はみんな、『自転車』だけを聴きにきていたんだ。『City』や他の曲なんか、これっぽっちも期待されていなかった。ギターの弦一本一本にピックが触れるたび、その空気がしっかり伝わってきた。『自転車』をやれ。『自転車』だけでいい、と。

　一発屋で終わりたくないよなと、メンバーと何度も何度も話してきた。このまま「ブルーガールって昔いたよね」「あ、懐かしい！」なんて言われて終わるバンドになるなんて、まっぴらごめんだった。だから、全員が歯を食いしばって『City』に挑んだはずだ。おれは彼女も捨てて、バイトも休んで、ギリギリの思いで『City』を作り上げた。ブルーガールは一発屋なんかにならない。そうMCでも言った。セットリストも、『自転車』の後に『City』を置いたのは、おれたちの挑戦と現在進行形を見てほしかったからだ。

それが、どうだ？　あのアンコールの声を聞いたか？　『自転車』って叫ばれてたぞ？　おれたちのバンド名は、ブルーガールだ。自転車なんかじゃない。なんで「自転車」コールで、ステージに出ていかなければならなかった？

ヘラヘラと笑いながらステージに戻ったおれは、情けなかった。アコースティックバージョンで、とか言って、バカのひとつ覚えみたいにまた『自転車』をやったことも、恥ずかしかった。わかってる。そこまで含めて、全部事前に話しあって決めたことだ。でも、なんだったんだ、あのモヤモヤする気持ちは。『City』をやったときの、あの空回りした空気は。

横を見ると、康介はライブのことなんて忘れたように、早苗さんとの会話に夢中になっている。持ち帰ろうと考えているのだろうか。おれは全方向に飛んでいきそうな憎しみを誤魔化すために、一息で酒を体に流した。そこでまた、康介が叫んだ。

「やベーよ音色、この人すげーって！」

ライブ中よりも興奮しているように見えた。そのことにイライラしながら、返事をした。

「何、なんの話？」

「早苗さん、まさかの宮部さんと付き合ってたんだって！」

「ちょっと！　本当に言っちゃダメ！」

「ああ、そうなんだ」

どうでもよかった。宮部さんは女遊びが激しいとどこかで噂《うわさ》になっていたし、アーティストやクリエイターの周りをうろついている女の人と寝ることも、あり得る話だと思った。

「でさ、まじでトップシークレットだよ！　ホントこの人は危険だわ！　ギャハハハ！」

早苗さんと呼ばれた女の人は、本気で嫌がっているように見えた。康介はそういうところに気付かないからモテないのだと、おれは思った。

「見ろよこれ音色！　お前、これ、バレたらヤベーかんな！」

勢いよく喋った康介の唾《つば》が飛んで、ぎゃあ汚いと場が荒れた。早苗さんは、康介から携帯を取り返そうと必死だ。もうライブのことなんか、とっくに忘れ去っているようだった。

「なに？　写真？」

早苗さんが奪い返したばかりの携帯を、おれも覗き込んだ。なんの画像だろうか？　そこには小綺麗な部屋が映っているだけのように見えた。康介が再び早苗さんの携帯を奪い取り、俺の目の前に置いた。

ワンルームだろうか。しかしかなり広い。二十畳くらいありそうだ。そして、洒落《しゃれ》ている。コンクリ打ちっぱなしの部屋を、見たことのないペンダントライトとダウンライトが照らしていた。カーペットも、高そうなやつが敷かれている。

そこまで目で追って、ただのお洒落自慢かと思った。だがよくよく見ると、違和感がある。ウッドブラインドがついた、小洒落た窓。その横の壁だ。X型に描かれた、模様のようなものが見える。これは、何だ？

「宮部さん？」

その模様の前の、人影に目を凝らして、声が出た。下着一枚だけで立っている男。右手に握られているのは、縄というよりは、鞭《むち》のように見えた。鞭？　裸に？

「正解～！　宮部さんのご自宅、まさかのＳＭルームだそうです！」

会場全体に響くような大声で、康介が叫んだ。

まさかと思ったけれど、間違いなさそうだった。壁の模様に見えたのは、四肢をＸ型に開くように固定された拘束具で、その手前に、宮部さんがいた。短い鞭のようなものを持って、壁に向き合うように立っていた。

「え、これ、ヤバくない？」

そう言おうとした頃には、会場中が康介の手に持つ携帯に興味を持ち出していた。早苗さんは携帯を取り返したかと思うと、康介の二の腕を思いきり殴った。分厚い脂肪で守られた康介には効かないようで、早苗さんの怒りの声と、康介の下品な笑い声が被って会場を揺らしていた。二人の喧嘩はどうでもよかったが、今日この場に、宮部さんがいないことを心底ありがたく思った。

「でも宮部さん、ヒドいんでしょ？　３Ｐしようとか言ってくるんでしょ？　マジでキモくない？」

「アンタよりは何倍もマシ！　人の携帯勝手に開いて、何晒《さら》してんの！　最低！」

早苗さんは本気で怒っているようだった。康介に話してしまったことへの後悔をぶつけているようにも見えた。

康介は女性絡みになると、途端に品がなくなる。メンバーにこういう人間がいると、いつか痛い目を見るんじゃないかと、こっちが不安に駆られてしまう。肩で息をしている早苗さんは、涙目になっているように見えた。

「早苗さんと康介って、どういう関係なの？」

ここで助け舟にもならないことを言うのが、俊彦という男のお決まりのパターンだったなと、改めて思う。俊彦はジョッキを片手に打ち上げ会場を彷徨っていて、一番面白そうな場所を見つけると、そこに居座る。

「早苗さんは十代の頃からお世話になってるから、姉貴みたいなもんだよ。今までブルーガールにこれっぽっちも興味示さなかったのに、『City』を宮部さんと作ったっつったら、目の色変えてここに来たんだよ、ねー？」

最後の「ねー？」は、早苗さんに向けられていた。当の本人は鋭い睨みだけを康介に利かせて、あとは無視していた。

「えっと、つまり、早苗さんが宮部さんと付き合っていて、宮部さんは自宅に拘束具を常設してらっしゃるってこと？」

突然横から顔を出したのが、これまで姿が見えなかった玄也だった。玄也の手元には、さっき無事に持ち主に回収されたはずの携帯電話が、いつの間にか握られていた。ロックがかかる前だったのだろうか。画面にはやはり、先ほどの部屋の写真が写っている。

「それ、私の！」

早苗さんはいよいよ泣きながら、テーブル越しに玄也を怒鳴りつけた。玄也はヘラヘラと笑いながら右手を高く掲げて、近くにいた人に見せて回る。会場はどれどれとざわめき、画像を見てはまた一つ、笑いの輪を大きくした。早苗さん一人だけが何度も携帯を取り返そうとしていて、打ち上げ会場はただ混沌としてきていた。

「玄也。やりすぎ。そろそろ返してあげて」

おれの声は届かなかったのだろうか。会場は、なぜか「City」コールが起こっていた。早苗さんを除いて、全員が笑っていた。おれも含めたメンバー四人の前にビールジョッキがかき集められて、続けて一気飲みをすることになった。よくわからなかった。打ち上げっぽいな、と、そのままのことだけ思った。

必死に作った『City』は、飲み会のコールくらいでしか盛り上がらない曲だった。そう思うと、悔しい気持ちより、情けない気持ちが強かった。もうヤケクソで、何杯でも酒が飲みたかった。宮部さんのことも、宮部さんの部屋も、宮部作品としての『City』を見に来た早苗さんも、どうでもよかった。おれたちはここから挽回していくことができるだろうか。飲みながら、そのことだけを考えていた。

終電の時間が近づいてお開きになる頃には、過半数が地べたに倒れているほど酔っ払っていた。かろうじて残っている理性で早苗さんの姿を探したが、すでに帰ったようだった。六百人を集めた俺たちの記念すべきライブは、そうしてモラルもクソもない笑いに飲み込まれて、日も浅いうちに記憶の隅に消えていくことになった。

夏から秋はしれっと切り替わるくせに、冬はずいぶんと存在感を強く持って、堂々とその姿を現す。おれは底冷えし始めた部屋をファンヒーターで暖めながら、ベッドの上で携帯を触っていた。

ＳＮＳでブルーガールを検索すると、相変わらず『自転車』の話題だけが出てくる。『City』についてはミュージックビデオの公開日とその翌日にチラホラと感想が見られたくらいで、その後はほとんどコメントが見られなかった。『自転車』と『City』のリリースで実感したけれど、表現者の端くれとして一番辛いのは、批評の場にすら上がれないことだ。『自転車』は多くの人の耳に入ることで、本当に多種多様なリアクションをもらえた。おれたちがどれだけ未熟かを語る専門家がたくさん現れたし、おれたちの音楽が泣くほど好きだと言ってくれたリスナーにもたくさん出逢えた。そのどちらも本当にありがたい存在だったのだと、『City』を出した今になって気付く。魂を削って生み出した作品が、毒にも薬にもならない雑草のように、誰の目にも留まらずに過去にされていく。その時ほど、自分たちが否定された気がすることはなかった。

雑誌やラジオ、テレビの地上波に出ることはあっても、扱いはポッと出の枠から変わることはない。『City』以降も曲を作ってはいるが、発表する場がなく、演奏を求められるのは『自転車』だけだ。

郵便はがき

料金受取人払郵便

牛込局承認

7395

差出有効期間
2023年6月
1日まで

162−8790

新宿区東五軒町3−28

㈱双葉社

文芸出版部 行

ご住所	〒		
お名前	（フリガナ）	☎	
		男・女　　歳	既婚・未婚
職業	【学生・会社員・公務員・団体職員・自営業・自由業・主婦(夫)・無職・その他】		

ご購読ありがとうございます。下記の項目についてお答えください。ご記入いただきましたアンケートの内容は、よりよい本づくりの参考とさせていただきます。その他の目的では使用いたしません。また第三者には開示いたしませんので、ご協力をお願いいたします。

書名（　　　　　　　　　　　　　　　　　　）

●本書をお読みになってのご意見・ご感想をお書き下さい。

※お書き頂いたご意見・ご感想を本書の帯、広告等（文庫化の時を含む）に掲載してもよろしいですか?

1. はい　　2. いいえ　　3. 事前に連絡してほしい　　4. 名前を掲載しなければよい

●ご購入の動機は？

1. 著者の作品が好きなので　　2. タイトルにひかれて　　3. 装丁にひかれて

4. 帯にひかれて　　5. 書評・紹介記事を読んで　　6. 作品のテーマに興味があったので

7.「小説推理」の連載を読んでいたので　　8. 新聞・雑誌広告（　　　　　　　　）

●本書の定価についてどう思いますか？

1. 高い　　2. 安い　　3. 妥当

●好きな作家を挙げてください。

（　　　　　　　　　　　　　　　　　　）

●最近読んで特に面白かった本のタイトルをお書き下さい。

（　　　　　　　　　　　　　　　　　　）

●定期購読新聞および定期購読雑誌をお教えください。

（　　　　　　　　　　　　　　　　　　）

このままおれたちは、よくあるロックバンドの一つとして、そこそこの動員を抱えたまま消えていくのだろうか。夢っていうのは全然綺麗なものじゃなくて、言うならば浴槽に浮かんだ髪の毛みたいだ。目の前にあるのに、掴もうとした途端にフヨフヨと逃げてしまう。追いかければ追いかけるほど、波が立つせいか離れていってしまうのだ。ブルーガールは、次の一手を考えなくちゃいけない。このままで終わらないために、何かをしなければ。

そんなことを考えていると、あっという間にバイトに向かわなきゃいけない時間になった。最近始めたばかりの文房具屋のバイトは、店長が優しいかららうれしかった。定食屋とかファストフード店みたく油まみれになることもないし、変な客もあんまり来なかったから、穴場だと思った。

前回は遅刻ギリギリで出勤してしまったから、今日は余裕を持って間に合うようにしたい。そう思って携帯をしまおうとしたその時だった。SNSトレンドの急上昇欄に、見慣れた名前があることに気付いた。

#宮部あきら

また何か、宮部さんが有名な俳優と組んだり、賞を獲ったりしたのだろうか。名前を見るだけであのファミレスで聞いたセリフが脳内再生されてしまって、意図せず舌打ちしていた。宮部さん本人とは、あのラジオの声を聞いて以降、まったく接していない。会社のマネージャーさんから事務的な連絡が来るだけで、それも『City』のミュージックビデオが公開されてからは一切なくなった。

　多分、おれたちのことは書かれていないはずだ。そう思いながら、怖いもの見たさでハッシュタグを押した。あわよくば、あの人にとってネガティブなことが書かれていないかとさえ、願っている自分がいた。

　携帯の画面には、見たことのある部屋の画像が表示された。高級感あふれる家具と、X型の模様。

　最近見たやつだ。これは、なんだったっけ？

　宮部あきら、自宅に拘束器具を構えるほどのSM好きであることが判明
　早苗さんの撮った、宮部さんの家の写真。モザイクもなく映った、ほぼ全裸の宮部さんの姿。

　あの時、ライブの打ち上げで盛り上がった写真が、世界に向けて、ばら撒かれていた。シェアボタンを見てみると、すでに四桁を超える拡散がされている。画像自体がコラージュされて別の意図を含ませた画像も、多数見られた。もう勢いは止まらなそうだった。

　宮部さんが、炎上している。

　おれはSNSを閉じると、ブルーガール四人のチャットグループを開いた。ちょうどそのタイミングで、ベースの俊彦の発言が表示された。

「宮部さんの部屋の写真、SNSで流出してんじゃん！」

「おれも見た！　あのアカウント誰!?」

まずは、メンバーの中に犯人がいないことを確かめたかった。騒ぎになっているのは間違いない。自分たちにその被害が影響しないことだけを願った。

「ちょうど早苗さんからも連絡がきた」これは康介の発言だ。

「早苗さんはなんだって?」「全然覚えがないって。でも、あの場にいた誰かだよね、きっと」

宮部さんからしたら、一番に疑うのは早苗さんだろう。早苗さんの身に何もなければいいが、あのアカウントが誰のものか証明するのは、まだ時間がかかるはずだ。

「やっぱヤバいよな、あれ」

続いて発言が出たのは、玄也だ。玄也はSNSをやっていないから、今回の件は高みの見物でいられそうだった。うちのメンバーによる流出じゃないなら、ブルーガールとしての影響は少なそうだ。対岸の火事として眺めていれば問題ないかと、再び携帯を見ようとしたその時だった。

「あれ、やったの俺だわ」

玄也がチャットに、そう書き込んだ。


「いや、マジで遊び半分だったんだけどさ」

宮部さんのラジオを聞いてしまったあのファミレスにまた集まると、玄也はドリンクバーも頼まずに説明を始めた。ファミレスは相変わらず客が少なくて、やる気のない店員の笑い声が、キッチンからたまに聞こえてきた。

玄也の顔色は青白くなっていて、明らかに落ち着きがなかった。そんな玄也を見たのは初めてで、不謹慎にも、笑いがこみ上げてきそうなくらいだった。

「俺、裏アカウントっていうか、変なアカウントしかやってなかったし、そこならバズらないかなと思って、試しに投稿してみたのね」

「それ、典型的に炎上するパターンのやつじゃん」俊彦が泣きそうな声で言った。

康介は「バカなの？　バカなの？」と小学生のように玄也を責めている。

「てか、写真はどうやって手に入れたのよ」

「お前らが盛り上がってるうちに、早苗さんの携帯から」

「パクったの？」

玄也はわずかにうなずいた。

「何らかの軽犯罪ですぜ、ドラマーさん」康介は露骨に渋い顔をした。

「で、うっかり投稿して、しっかり火がついちゃったわけだ」

弱気になっている玄也に、かける言葉は見つからない。大丈夫だよと無責任に言いたいが、アカウントから投稿主本人が特定される可能性もある。玄也はここに来る前に、投稿もアカウントも削除したと言っていたが、それで全てが解決するとも思えなかった。ファミレスのBGMは今日はラジオじゃなく有線みたいで、さっきからグレイトフル・デッド、ハービー・ハンコック、ジャミロクワイと、多ジャンルの楽曲がランダムに流れてきて落ち着かなかった。

「宮部さんがかわいそうなのは、別に宮部さん、悪いことはしてないからだよね」

康介が、淡々と正論を述べた。

「ヤバい性癖があってもさ、それで誰かに直接的な危害を加えたわけではないじゃない？　だから、ヤバい性癖のおじさんってことが世間に露呈しただけなのがかわいそうよね、これ」

俊彦も、口を開いた。

「でも、宮部さんって、クリエイターとしては天才じゃない？　そういう人って、性癖くらいヤバくあってほしいし、ブランディング的に問題ないっていうかさ。このくらいの騒ぎじゃ、食えなくなったりとかは、ないでしょ」

二人とも、言っていることは間違っていないように思えた。性癖の話だけで言えば、確かに宮部さんは悪いことは何もしていないし、むしろ暴露された被害者なわけだ。実際、リベンジポルノではないかと、犯人探しに躍起になっているアカウントも散見された。あとは、宮部さん本人が犯人探しに本気にならなければ、きっとこの騒動は穏便に終わるように思えた。

「あ、ちょっと待って」

でも現実は、そんなに甘くはない。

康介が小さく手をあげると、携帯の画面を目で追いながら言った。

「ごめん、やっぱり、ちょっとヤバいかも」「なになに、今度はなんだよ？」

これ以上、騒ぎになるのは懲り懲りだぞ、と思っていても、自分たちにそれを止める術《すべ》はない。康介は、ネット記事のタイトルを読み始めた。

〈美人マネージャーが告発！　宮部あきら、セクハラ・パワハラの実態〉

疲れた雰囲気を醸していた女性マネージャーさんの顔が、ふと頭に浮かんだ。

「あの人、宮部さんからハラスメントを受けていたのか」おれがそう言うと、「このタイミングで記事が出るの、展開が早すぎじゃね？」と玄也が返した。

俊彦がさらに続けた。

「あのマネージャーさん、タイミングを見計らってたのかもしれないね」

「なるほど？　恨みがあったから、いつでもリークできるようにしてたってことか」と康介。

「このネット記事が真実だとしたら、宮部さんの立場は、一気に悪くなる。ちょっと心配だな」おれはそう言いながら、でも、これで玄也のやったことは有耶無耶《うやむや》になるのではないかと、勝手に予想していた。あの宮部あきらがパワハラやセクハラをしていたとなれば、話題性はどう考えてもそっちの方が大きくなる。石を投げる相手は、デカい方が盛り上がるのが、大衆だからだ。

「玄也、これで大丈夫かもしれない。むしろ、宮部さんの会社の人たちは、これで救われるって思ってるかも」あまりフォローになっていないことを、おれは言った。

宮部さんの会社の社員からの内部告発が本当であれば、宮部さんは、社長としての立場が揺らいでくる。そんな時に、本人の性癖がSかMかなんて、議論している場合じゃなくなるはずだ。つまり、あの部屋の写真流出問題は、きっとすぐに沈静化されると踏んだ。

「宮部さん、大丈夫かな」

玄也は寂しそうに言った。

玄也が人を心配する姿をあまり見たことがなかったから、きっと本当に後悔し、反省しているのだと思った。前にこのファミレスに来たときは、宮部さんのことが死ぬほど憎かったのに、今はなんだか、同情の気持ちで溢れている。その気持ちの根本を見つめると、結局おれたちは、自分よりもかわいそうとか、自分よりも哀れだとか、無意識にそうした階級思想みたいなものを作って、世間を見下だしているだけなのだと思った。

「あの人も、今日まで最前線を走り続けてきたトップクリエイターだしさ、案外、そろそろ休めるって、喜んでたりするかもよ？　玄也が落ち込む必要はないし、おれたちはおれたちで、また頑張ろうよ」

憧れていた宮部あきらのことを、いつの間にか嫉妬したり、憎んだりするようになっていた。『City』の制作期間中は、思考が似てきた部分すらあったと思う。しかしそのように執着する日々も、ここまでだと感じた。

「飯でも食おう」と言って、康介が呼び出しボタンを押した。昼食には遅いし、夕飯には早すぎる時間だった。「一日何食食べてんの」と、俊彦が康介に突っ込んだ。その横で、「俺も何か食おうかな」と、普段はアルコールとニコチンだけで生きている玄也が言った。

7. 晩生

銃声が響いた。音の大きさからして、敵はすぐ近くにいるようだった。鼓膜《こまく》が爆音を捉《とら》えるたび、脈が急激に速くなり、死が近くにあることを伝えてくる。落ち着け、落ち着けと、心臓に手を当て、宮部あきらは自分に言い聞かせた。こちらの居場所は、相手に割れているのだろうか。だとしたら、性急に避難経路を考えなければならなかった。宮部は、レンガ造りの部屋を見回した。六畳程度の部屋はどこも埃《ほこり》まみれで、その隅に、自分の持ってきたリュックと、使い物にならない一人掛け用のソファが置いてあるだけだった。

この部屋に出入りできる扉は、一つだけだ。あとは、大きさの異なる窓が二つ。大きい方は、通りに面していて、避難中に見つかる可能性が高い。小さい方は、頑張ればここから隣の建物にも飛び移れそうなほど、狭い裏路地に面していた。宮部は、観音開きになっている小さい窓を開けて、慎重に顔を覗かせた。赤い土が眼下に見える。風が吹くたび、砂埃が舞った。肉眼で見る限りは、誰もいなそうだ。あの砂に紛れて、逃げられるだろうか。もう少し身を乗り出して下の階を見下ろすと、窓の縁を梯子《はしご》のようにして、降りることができそうだった。二階からは、小さな階段も使えそうだった。

もう一度、さらに銃声が近づくようだったら、ここから避難する。自分に指示を出して、宮部は少なくなった荷物の中身を整理した。わずかな水と食料、それと、なぜか入っているCDケースと、フランス語で書かれた小説。幸い、月明かりのない夜だった。いずれにしても移動するなら、今夜しかなかった。死んだ仲間は、みんな弔《とむら》うことができた。せめて花でも添えられればと思ったが、いつか枯れるものを置いていくのも申し訳ない気がしたし、何より、手を合わせる時間すらもったいなく、命がけだった。

酷く喉が渇いた。足の裏が焼けるように熱い。めくれた皮膚にカッターを滑らせたような痛みが続いていた。サンダルも履かずに走ってきたのだから、当たり前だった。

それでも、生きようと思っている。どうしてだろうか。みんな、死んだ。自分以外に味方はいない。それはつまり、自分が生きていることを、喜んでくれる人がいないということだ。そんな世界に、生きている意味はあるのだろうか？　苦しんで、逃げ回っても、ひとりだ。自害するなり、降伏するなりした方が、余程ラクだ。そのはずなのに、どうしてこの体は、必死に生き抜こうとするのか。逃げた先に、救いがあるのだろうか。生き延びようとする意志は、どこから湧いているのか。

銃声が響いた。音は、さらに近づいていた。宮部は荷物を背負い直すと、小さな窓に足を掛けた。束《つか》の間の休息地だった。名残惜しさを覚えたまま、宮部は部屋を飛び出した。

それが夢だと、宮部は起きてすぐにわかった。正確には、夢の途中ですでに、これは夢だとわかっていた。自分が戦地に足を運んだ覚えがないことは、確かだったからだ。しかし、「では、現実世界はどんなものだったか？」と問われれば、思い出せなくなるほど、夢の中は全てがリアリティを持って、そこに存在していた。夢の中の宮部には、それらが夢だとわかっていながら、最後まで信じきる自信までは持てなかった。

　小さな耳鳴りが頭の内側から聞こえてくる。ブラインドから覗く光は白々しいほど優しく、目の前の景色の方が、よっぽど夢みたいだった。空気清浄機と、冷蔵庫のモーターの駆動音だけが、室内の空気をわずかに震わせていた。目を覚ましてもまだ、体に浮遊感があった。

　宮部は、そこが自分の部屋だと自覚すると、ゆっくりと体を起こした。

　夢か。あれは夢なんだな。では、どこまでが夢か。ベッドの上から部屋を見回す。机の上に置かれたデスクトップPC。イタリア出張の際に買った革張りのソファ。フランス製のペンダントライト。ブルックリンの街頭で若いアーティストから貰《もら》った抽象画。どれも、この部屋に置いた記憶がある。床には、トルコで買った厚手のカーペットが敷いてあり、その上に、バラバラになるまで壊したSM器具が、散乱したままになっていた。

　戦地にいたのは、夢だ。でも、俺を取り巻いている炎上は、現実だ。

　宮部は掛け布団を両手で摑むと、それを全力で、ベッドに叩きつけた。何度も何度も叩きつけて、怒りが落ち着くのを待った。正確には、それが怒りなのか、悲しみなのか、後悔なのか、わからなかった。毎朝だった。毎朝、起きるたびに、あの炎上は夢ではないか、あのマネージャーの告発は嘘ではなかったかと疑うことから始めた。しかし、床に散らばる拘束具を見て、すぐに現実だと思い知る。今まで宮部が積み上げてきたものが徹底的に破壊され、崩れ去った状態で、朝陽が昇る。今日も、そうして一日が始まる。

　コーヒーマシンの電源を入れて、マグカップを探した。洗い物が溜まっていて、綺麗なカップは一つもなかった。仕方なく昨夜使ったものを水で軽くゆすぐと、再びそれをコーヒーマシンの抽出口に置いた。マシンは大きな音を立てて豆を挽いている。宮部はレコードに針を落として、マシンの音に負けないくらいのボリュームで、部屋を音楽で満たした。

　デスクトップPCのマウスを動かすと、画面がすぐに立ち上がる。パスワードを求められ、頭で考えるより早く、指先の感覚だけで入力した。しかし、二度試しても、弾《はじ》かれる。自分のPCにすら入れないのかと苛つき、リクライニングチェアに勢いよく腰掛けた。自分の名前のイニシャルの後に、会社の設立日を一文字ずつ入力して、エンターキーを力一杯押した。今度は、無事にログインできた。そこで初めて、宮部が会社を立ち上げてから、もう六年が経つことに気付いた。

　オフィスは最初、安いアパートの一室だった。そこから移転を四度繰り返して、現在の中央街交差点のそばに構えたのが、二年前だ。

　社員数が三十名を越えたあたりから制度が整い、会社らしさが出てきた。その頃から宮部は、自分の組織を窮屈に思うようになった。自分で作った会社なのに、自分の意志や思想を社員全員に浸透させることが、なかなか叶わない。スピード感についてこられない者が多数現れ、そのことが理解できず、どうして邪魔するのかと叱るたび、組織自体が大きな荷物のように感じるようになった。

社員とフロアを分けるようになったのは、その時からだ。とくに企画や執筆に関しては、誰にも邪魔されない聖域を持ちたかった。深く深く潜り、真理を見つける時間だけが、宮部の生き甲斐になった。出社しても自室に籠りっぱなしになり、社員とのコミュニケーションは減った。自業自得なのだ。そうとはわかっているが、自分の会社なのに自分が最も疎外感を覚えている状況が、どうにもやるせなかった。日に日に許せないことが増えていき、気付けば社員への信頼や信用も、最低限に削ぎ落としていた。

それが、いけなかったのだろうか。宮部は、長い付き合いだったマネージャーの告発記事を思い出した。あの女が週刊誌にリークした内容には、言った覚えがあるものと、全く覚えのないものが、混在していた。被害妄想も、多分に含まれていた。しかし、一部でも事実がある以上は、少なくとも公の場においては、弁明の余地はないように感じた。

そこまで俺が、嫌いだったのか。だったらどうして、辞めなかった。さっさと辞めればよかったじゃないか。あることないことを書いて、週刊誌に売って苦しめたいと思うほど、恨みを買っていたというのか。

責めたい相手は、謝りたい相手と同じ数だけいた。正しいと思う道を最短ルートで走ってきたつもりだったのに、まさか会社の内側から崩壊していくとは思わなかった。それより先に、自分の才能が枯れるとばかり、思っていた。

宮部を告発したマネージャーは弁護士を立てて、本人と直接やりとりできなくなっていると、別の社員から聞いた。「絶対に本人から、謝罪させます」とメールには書いてあったが、もう宮部には、社員一人に執着するほどの力が残っていなかった。

許せなかった。だがそれ以上に、あのマネージャーは俺のことを許せなかったのだろう。

今さら謝ったところで、何を取り返せるだろうか？　ＳＮＳを開けばわかる。告発の記事が出てから五日が経った今でも、「宮部あきら」の名前は、トレンドの上位に浮かんだままだ。

宮部のＳＭ器具、これらしいです

権威を持った日本の男は、本当にろくなことをしないな。

記事見たけど、マネージャー、相当恨んでたんだろうな……

拘束具もそうだけど、自宅のインテリアがことごとくセンス悪くてびっくりする

女性社員を社長室に呼び出しては、体を触るなどのセクハラ行為が尽きなかったらしい。

こんなのを自宅に飾る発想がよくできたなｗ

私この会社でバイトしてましたけど、確かにセクハラ・パワハラっぽいところありました。

この人の作品、好きだったけど、まあどれも女性蔑視的な風潮はあったよね。

なんか名前聞いたことあるなと思ったら、推しが出てた作品の監督だった。

こういう人間がエンタメ界のトップランナーとして扱われているから日本はダメだ。

早く声明出ないのかな。まさか社長を続ける気じゃないよね？

犯罪者顔だなと前から思ってたんだけど、やっぱりか

マネージャーさんの写真流出してたけど、露骨に顔採用じゃないのこれ
優秀であろう社員さんたちが可哀想。うちの会社、中途採用やってますけど、来ませんか。
脚本家が不祥事起こした場合って、映画は公開されるの？それとも延期？

批判の声は、表現の道を歩み始めた頃からじゅうぶん浴びてきたつもりだった。作品が公開されるたびに、宮部は自分の死を願う匿名の人間を何人も見てきた。インタビュー記事を読んでは延々と責め続ける匿名アカウントに、弁護士を通して止めるよう説得したこともあった。公の場に作品を出す以上、誹謗《ひぼう》中傷を受け止めるのは表現者の責務である。宮部はそう考えていた。

「有名税なんてありえない。有名人だって人間だ」といった発言を見かけると、虫唾《むしず》が走った。甘えだと思った。大衆を動かしたり、大衆に向けて何かを届けようとしたりする人間が、大衆と同じ世界にいられるわけがない。ごく一部の才能ある人間にしか許されない「表現」という快楽で稼いで生きていく道を選んだ以上、誰に何を言われてもそれを続けるのが運命だと当然のように考えていた。しかし、今回の告発と炎上は、これまでとは全く別の角度から、大量のナイフを刺されるようで、ただただ傷が深まるばかりだった。

メールボックスを開くと、おびただしい量の新着メッセージが表示される。大体は得意先からであり、心配する声が時候の挨拶のように無機質に並べられ、その後に続く文面の大半が「プロジェクトを一度ストップさせる」「連載を休止する」「取引を白紙に戻させていただきた

い」だった。マネージャーによる告発記事が出た途端、九割近くのメディア露出や連載がストップし、残った依頼は、明らかにさらなる炎上を狙っているような媒体ばかりだった。プロジェクトの進行管理はマネージャーに一任していたので、それらを転送しようと思ったが、そもそものマネージャーがいないからこうして直接連絡してきたのだと、今になって気付いた。

取引先の次に多いのは、どこから聞きつけたのか、知らない人間からの誹謗中傷メールだった。それらは読まずに、ゴミ箱に捨てていく作業を繰り返した。

最後に残ったのが社員からのメールで、しかし、宮部を想って連絡をくれた人間は三名だけだった。

「今は、休んでください。きっとまた、普通に仕事で忙しくなりますから」

「今まで、宮部さんを止めてこなかった、俺たちにも責任があります」

「宮部あきらの作品に関わるためなら、多くを犠牲にできる人たちが集まっていると思ってました」

あとは皆、事務的な連絡だけをして、「よろしくお願いします」と締めてあった。

大きな火の渦が同時にいくつも湧き上がり、自分の全てを燃やしにかかっているように感じた。実家の父親から留守番電話が入っていたかと思うと、ポストに大量の虫の死骸が投げ込まれるようになったとメッセージが吹き込まれていた。会社の入り口には、流出した自分の部屋の写真が、何枚もばら撒かれていたらしい。マンションの前には週刊誌やワイドショーの記者が常に待機しており、テレビをつけてもネットを開いても、いつの写真かもわからない、とびきり人相が悪く写った自分の写真が、出回っていた。

逃げ場がなかった。今朝の夢では、戦地にいながらも二つも窓があったのに、今の宮部には、飛び降りて逃げられる出口はどこにもなかった。正確にいえば、実際に飛び降りることはできるのだ。ただそれは、生きること自体から逃げる、という意味を表しているだけだった。あの夢にはそんな意味があったのかもしれないと、その時になって気付いた。会ったこともない大多数の人間から「死ね」と毎日欠かさず言われる状況は、生きている意味をたやすく失わせる力があった。これまでだって似たようなことは言われ続けてきたじゃないかと鼓舞しようとしても、圧倒的な数の前では、波にさらわれる小石のように無力でしかなかった。

富永早苗のことが、頭に浮かんだ。

彼女をこの部屋に初めて連れてきた夜は、記憶がほとんどないのに、なぜか幸せな感覚だけが強くあった。彼女は自分の好みのタイプとは、確かに真逆ではあった。なのに、自分の弱い部分、自分の最も本能的な部分を、全て曝け出したくなる人だった。宮部はこれだけ多くのものを失っても尚、頭に早苗のことが浮かぶのが不思議だった。

――もしかしたら彼女が、この部屋の写真を流出させたのではないか？

頭にふと、そんな仮説が浮かんだ。炎上の発端となったあの写真は、ずっと昔のものかと思っていた。しかしよくよく見ると、最近買った家具までそこに写っている。あの家具を置いてからも何人かの女を連れ込みはしたが、自分の記憶がないのは、早苗との夜だけだった。

俺が泥酔している間に、撮った一枚なのか？

自分がリベンジポルノの被害者になるとは思わなかった。しかし、被害者として声を上げる間もなく、その直後、今度は加害者としてマスコミに売られた。社会は後者にばかり目を向けて、俺を刺して、燃やした。

あの写真を流出させたのが富永早苗だったとしたら、やはり、別れの発端となった、このマンションの廊下でのやりとりがきっかけだろうか。あれが彼女の自尊心を傷つけた結果、今日に至っているのか。

考えても答えは出ない。

ただ今は、あのナイトクラブから抜け出して過ごした夜のような、安らぎと快楽に満ちた時間を、渇望していた。

ずっと電源を切っていた携帯に、数日ぶりに触れる。今更彼女になんと連絡すべきかもわからず、そのまましばらく、画面を見続けていた。

マグカップを手に持ったまま、宮部は部屋の中をゆっくりと見て回った。四年間住んだ部屋には、これまでの仕事の資料がいくつか点在している。作った途端に脳は忘れていくから、せめて資料だけはと、思い入れのある仕事のものは捨てずに取っておくようにしていた。十五秒のテレビＣＭから二時間半の長編映画まで、数々の映像作品を作り、多くの賞を獲ってきた。それらは全て、自分の会社から生まれたものだ。自分と、この会社がなかったら、これらの映像作品が世に出ることはなかった。どれだけ非難されても、それだけは事実だと宮部は思えた。

すぐに冷めていくコーヒーを飲む気が失せて、マグカップを流しに置いた。リクライニングチェアに飛び込むと、再びＰＣのスクリーンセーバーを解除して、メールを開く。朝から熱心に書き込まれた批判メールにまみれて、宮部の会社を設立当初から支えてくれていた社員から、一通のメールが届いていた。

「今後の進退について、話がしたいです」

　宮部の身を案ずる長文の末尾に、そう書かれていた。本当はそれだけが言いたかったのに、どう書けばいいかわからず、仕方なしに長々とほかの話をしたような書き方だった。回りくどいところが良くないといつも言っているのに、メールの文面にまでその癖が出ている。宮部は歯痒く思った。

　今後の進退についてとは、本人の話だろうか。それとも、俺の進退についてなのだろうか。社長の進退について、どうして部下が提案してくるのか。不可解なことしかなかった。ただ、ｃｃに会社の顧問弁護士の名前が入っていたことから、それなりの話ではあると踏んで、嫌な予感がした。少し悩んでから、翌々日に、直接面会して話を聞くことにした。その旨を返信し終えると、コンクリで打ちっぱなしになった四方の壁が、ゆっくりと宮部の方に動いてきているような圧迫感に襲われた。ブラインドから漏れる分散された光だけが、柔らかく、ふわふわと浮いていた。

「お久しぶりです」

普段はパーカーばかり着ている社員が、珍しくコートの下にジャケットを着て、部屋の前に現れた。たかだか一週間だが、それでも確かに、長らく会っていなかったように宮部も感じた。社員の斜め後ろで付き人のように立っている顧問弁護士は、いつもと変わらぬスーツ姿で、機械のように無機質な存在感を放っていた。

部屋の入り口まで来た二人は、まだ外の冷えた空気を纏《まと》っていて、宮部はそれがなんだか羨ましく思えた。「外は寒いのか」と聞いた途端、自分が独房に入れられた囚人にでもなった気がして、言わなければよかったと後悔した。外に出ればマスコミの餌食《えじき》になるから家を出るなと弁護士に言われて、早一週間。今まであまり意識していなかったが、外の空気が恋しくなっているのだと、宮部は気付いた。

事前に予約していたマンション内のカンファレンスルームに、社員と顧問弁護士を案内する。自宅のマンションに会社の人間を招き入れることはほとんどないので、いや、正確には、件《くだん》のマネージャーを部屋に連れ込もうとしたとき以来なかったので、なんだか新鮮だと思ったが、部屋の写真が流出している今となっては、この行為も何かの罰ゲームに思えた。

後ろを歩く二人の歩調はやけにゆっくりで、宮部はペースを合わせようとすると、股関節がムズムズした。

十五名は入りそうなカンファレンスルームに着くと、机の並びを変形させて、二対一の構図で席に着いた。どうして社員は自分の横に来ないのだろうと疑問に思ったが、この座席の配置からして、すでに何らかの意図はあるのだろうと察した。

「本当に、心労が酷いかとは思います。大丈夫ですか」

席に座るなり、弁護士が言った。普段はほとんど連絡を取らないが、炎上直後からは急にやりとりが増え、会社のホームページに掲載する謝罪文を添削してもらったり、マネージャーとの示談交渉を進めてもらったりと、助けてもらうことばかりだった。ただ、一週間経ってもエントランス前に記者が張り付いているところを見ると、騒動への対応が完璧だったとも思えず、そこについては宮部も歯痒さを感じていた。

弁護士は、こちらの返事を待たずに切り出した。

「まず、マネージャーさんについてですが、起訴はせず、示談で済むように説得を続けています」

「あれは、言いがかりもいくつかあるよ」宮部は反射的に切り返した。誰にもぶつけられなかった怒りが、ここにきて静かに湧いてきた。弁護士の横に座って「僕もそう思います」と力なく同意した社員にもまた、腹が立った。罪は受け入れる。でも、全部が全部、あのマネージャーの言っていることが正しいとは思えなかった。しかし、弁護士の表情が肯定的な笑顔になることはなかった。

「パワハラも、セクハラも、数年分、証拠を押さえられており、証言者も複数名いることから、覆すのは難しいと思います。申し訳ないですが、示談金だけは、ご用意をお願いします」

深々と頭を下げられると、反論する気は失せた。早くこの時間が過ぎればいいと、宮部は思った。

「会社には、いつから出社していいわけ？」別の話題に切り替えようと思った。そう訊ねると、弁護士はあらかじめ筋書きが決まっているかのように、スムーズに革の鞄から茶封筒を取り出した。すでに結論は出ている、議論の余地はない。その空気が二人から感じ取れて、宮部は自分だけが台本を渡されていないテレビ番組に出ている気分になった。

契約書の類だろうか。そこそこ分厚い書類が目の前に差し出されている。数年間の社長人生では見たことのないもので、宮部は弁護士と社員の顔色を窺った。宮部の斜め向かいに座った社員は、金縛りにでもあったように、テーブルに強い視線を落としたまま、ピクリとも動かない。

「それは、何の書類？」

わざわざ尋ねなければならない現状が煩《わずら》わしい。しかし、炎上した際の対応なんて宮部にとって専門外すぎて、想像もつかなかった。自分の経験が全く活かせない分野については、プロに任せるほかなかった。

「宮部さん、今回お話するのは、あくまでも一つの案です。もちろん拒否権もありますので、落ち着いて聞いてください」

何の事前確認かと、宮部は体を硬くした。謝罪すべきところにはしっかりと頭を下げる覚悟はあるので、さっさと現場に復帰する方法を示してほしかった。一筋縄ではいかない、ということだろうか。

「宮部さんは、この会社が大切だと、思っていますか？」

今度は、社員の方が口を開いた。ずいぶんと太く、大きな声だった。こんな声をしていただろうかと、宮部は再び男の顔を見返したが、やはり創業当時から一緒に働いてきた社員の顔だったので、違和感は無視することにした。ただ、会社が大切だと思うか、など、ずいぶん陳腐な質問だと思った。弁護士が確認するならわかるが、どうして社員であるお前が聞くのか。要点がわからず、「当たり前だろ。頭悪くなったか」と創業メンバーの一人である男に返した。

まさか精神鑑定でもされているのだろうか。一度疑うと怖くなり、なんとなく後ろを振り返ったり、二人の顔を見たりしてみたが、とくにそういった意図もなさそうだった。

弁護士は、社員とかすかに目を合わせた後、手に持っていた書類を広げた。

「今回の炎上を受けて、会社を守ることを最優先にした手段を、考えました」

どこかに書いてあることを棒読みしたような声だった。そんな記述があるのかと書類に目を落としてみたが、とくに文言は見当たらない。

一週間の自宅謹慎で憔悴しているのだろうか、それとも、目の前の二人から感じる、何か説得を試みようとする空気に圧力を感じているのだろうか。宮部は、会社が潰れないのであればどんなプランでもいいと、投げ出したくなった。事実、「プロに任せるから、進めていいよ」と、弁護士がページをめくる前に言った。

その言葉を予測していたのだろうか。社員が急に、声のボリュームをさらに大きくした。

「じゃあ、宮部さん。申し訳ないですが、言いますよ」

何を？　というか、なんでお前が？

疑問をぶつけるより早く、宮部の部下は、口を開いた。

「宮部さん。代表を、辞任してください。会社のために、お願いします！」

　その声は、防音設計の壁に吸収されて、反響することはなかった。それがかえって男の言葉尻を尖らせ、鋭さと勢いをつけて、宮部の耳を突き刺した。

　それを聞いてようやく、宮部は自分の置かれた状況を理解した。全く気付かなかったわけではないが、その可能性を低く見積もっていたことを、情けなく思った。

　社員の男は深く頭を下げていた。宮部はそれが、申し訳なさによるものではなく、俺と目を合わせたくないだけだなとすぐにわかった。部下から上司にクビを宣告するなんて、目を見てできるものでもないだろう。男の隣に座る弁護士は、頭を下げるタイミングを逸したのか、広がった書類の角をじっと見つめて静止していた。

　宮部はこの状況に、ますます頭が回らなくなった。企画を考えるときはいくらでもアイデアが出てくるのに、自分の進退について、それもまさか、創業当時からの社員に「社長を辞めろ」と言われるかたちで引退を余儀なくされるとなると、どんな回答をしていいのか、皆目見当がつかなかった。向かいに座った弁護士に意見を求めようかと思ったが、この弁護士も、もう俺を弁護するためではなく、俺の抜けた会社を弁護するためにここにいるのだと悟り、尚更気持ちの出し先が見当たらなかった。

　いよいよ、ひとりじゃないか。

　そう気付いた途端、宮部はもう、あらゆる抵抗と、元のポジションに戻ろうとする活力を、体内に維持できなくなった。これまでどうにか蓄積していたエネルギーが、タンカーから流れ出る原油のように、どろどろと体内から漏れていくのを感じた。

　弁護士の声は、弔辞《ちょうじ》でも読むようだった。

「宮部さんの今後のことと、会社の今後のことを考えると、代表取締役の交代が、最良の選択だと考えています。宮部さんは、新会社を作って、会社を離れたように見せましょう」

　マンションの会議室は、ほかの部屋の音が一切聞こえなかった。防音なのはありがたかったが、窓すら一つもないことに気付くと、宮部は途端に、息がしづらくなった。

「それで、ほとぼりが冷めたら、今の会社に来た仕事を、新会社で受ける形にすれば、現状とあまり変わりなく、働けるのではないかと」

　深く吸おうとすればするほど、肺は言うことをきかなくなった。すぐに肩で息をするようになり、宮部は慌てて、会議室のドアを開けた。

「大丈夫ですか」

　社員の声は、極めて事務的だった。こちらが弱さを見せても、決して揺るがない覚悟のようなものが見えた。宮部はこのタイミングで過呼吸気味になっていることが、まるで自分を弱者に見せているようで、恥ずかしかった。情けをかけてもらうつもりはなく、さっさと二人に、消えてほしかった。

「大丈夫。後、任せるから、サインだけするようにする」

　二人の視線は、物理的な針のようだった。電車に乗り込んできた変質者を見るような視線を感じて、宮部はただただ、この場から一刻も早く解放されたかった。

「じゃあ、直筆が必要な部分だけ記入をいただいたら、あとはこっちでまとめておきますので。宮部さん、早く体調を整えましょう。無理しないことが、大事です」

弁護士は書類の束をトントンと揃《そろ》え直すと、スムーズに茶封筒にしまって、宮部の前に差し出した。その動きに迷いは感じられず、あくまでもビジネスで動いていることを、強く印象付けた。

俺もこんなふうに、全てを仕事だと割り切って、人と接していたのだろうか。

人を見る目は自分を見る目の鏡なのだと、何かの本で読んだ。それを今になって実感しても、もう遅いと思った。宮部は二人をエントランスまで見送らず、呼吸が整うまで、廊下の壁に寄り掛かったままでいた。

自分と同じ匂いがする。

誰にも必要とされなくなり、
生きていく理由が見つからず、
かといって、
死ぬ勇気もまた絞り出せていない、
中途半端に、生と死がまざった匂い。

宮部は戸惑った。
戸惑いながら、久々に、
自分の中に生きようとする意志が帰ってくる感覚があった。
この人なら、自分の全てを受け入れてくれるのではないか。
そんな予感がした。

「誰にも必要とされない日が続くと、生きたくなくなる」

宮部は名乗りもせずに、凜にそう言った。

「わたしもちょうど、そう思っていたところでした」

凜は返した。
強い風の中でも、なんとか届く声だった。

彼女はこの異様な状況に臆することなく、話し続けた。
「あなたのこと、ちょっとだけ、知っています。
きっと、全部が全部、あなたのせいじゃないと思うんです」
不思議な声だった。
小さいけれど、力のある声。
宮部は涸れていた涙腺が、
水分を帯びていくのを感じた。
炎上して以来、初めて、涙を流せそうだった。

いつかは平穏で幸せな日々も終わるように、
いつかは過酷な悲しみも終わるのだと、そう感じた。

黄金色の景色は徐々に藍色を帯びて、
そして、また真っ黒な夜が訪れようとしていた。

8. さざなみ様

全てを失ったら、死にたくなるだろうか。
だとしたら、今はまだ、全てを失ったわけではないということか。
自分はこれ以上、何を失えるのだろうか。

からっぽになった自分の部屋で、宮部あきらは、考えていた。

部下に裏切られ、会社を追い出され、
自宅を引き払い、
配偶者も子供もいない四十歳には、
もう残っているものが、ほとんどなかった。

悪人として知れ渡った自分の顔は、
窓に映るたび、死の匂いがした。
何処に行くにも視線が気になり、
何を食べても味はしない。
それでもなお、死を選ばないのは何故だろうか。

大きな津波に、全てを呑まれ、
残ったさざなみだけが、心を浸しているようだった。

宮部はいつも、夜であってほしいと願った。

暗闇にまみれているうちは、気が休まるし、
光がなければ、
自分の顔を見ることもないからだ。

宮部は、古いオフィスビルの非常階段を登っていた。
チェーンを一つまたげば、
階段は屋上まで続いている。
夕日が沈んだばかりで、世界は黄金色に染まっていた。
ビルを縫うようにして吹く風は冷たく、
このまま落下しても、風に乗って、飛んで行けそうな気すらした。
宮部は、夜を迎えに、階段を登り続けた。

「ここ、綺麗ですね」

黄金色の屋上で、岩崎凜は、そう言った。
宮部は、凜の姿を見て、驚くより先に、思った。

9. 華にブルー

思い出すのは、全てが黄金色に包まれていたビルの屋上と、冷えた夕暮れの駅のホームです。宮部あきらを初めてこの目で見たとき、私は恐れ多くも、自分はこの人と似ている、と思いました。もちろん外見の話ではなく、思考や思想の話でもありません。ただ、自分が誰にも必要とされていないことを自覚し、あらゆるものに嫌気が差した人だけが漂わせる空気。そのようなものを感じて、ああ、この人は、私と同じだ。絶望していたのは、私だけじゃなかったんだと、そう思えたのです。

あの日、私が屋上にいたのは、死のうと思ったからではありません。

たしかに、生きる意味みたいなものはとっくに見失い、暗い洞窟の中を彷徨うように暮らしてはいました。でも、生きる理由が見当たらないのと同様に、死ぬ理由もまた、私には見当たらなかったのです。「死にたい」という願望は、おそらくは「自分に降りかかっている不幸から逃れられるなら、生きたい」という願いと同義か、近しい意味だと思います。その仮説が正しいとするならば、私には、自分に降りかかっている不幸の原因や正体が、まったくわかりませんでした。だから、そもそも逃れるべきものがあるのかもわからず、ただただ深い水の中に沈んでいくような、重たい虚無に包まれる感覚と共に暮らしていたのです。

　そのように生きることになったのは、音色くんの家を飛び出して、しばらく経ってからです。あの日から私は、もう誰の助けも必要とせずに生きられるよう、強くなろうと決めました。好きな人に勝手に夢を託したり、幻想を押し付けたりしないように、自分一人でも生きられる力をつけようと思っていました。気を抜くと、音色くんとのさまざまな出来事がフラッシュバックしてしまうので、医師から処方された精神安定剤や睡眠導入剤を摂取しながら、自分一人で日々をやり過ごすよう、心を閉ざし、堅くするよう努めていました。

　宮部あきらを街で見かけたのは、まさに薬を受け取って、憂鬱《ゆううつ》から逃げるように自宅へ向かっていた最中でした。通りかかったオフィス街はまだ退勤には早い時間なのか、人もまばらでした。早足で歩いている人はみんな細身のスーツを着こなしていて、できるだけ体を縛らない服を選んで着ていた自分は、まるで異世界の住人のようでした。

　全てが直線で描かれているようなその街で、一人だけ明らかに他とは違う、生気を感じさせない人間が歩いていることに気付きました。その人は、足に重石でも付けたようにゆっくりゆっくりと交差点を渡っていて、ふと立ち止まったかと思うと、今度はビルの非常階段を目指して歩き、立ち入り禁止の札が貼られたチェーンをまたいで、登り始めたのです。

　あれは、宮部あきらじゃないだろうか？

　そのタイミングで気付けたのは、「宮部あきらが炎上した」という情報が、事前に私の脳内に刷り込まれていたせいだと思います。亡霊のように見えたその人からは、生きようとする意志がほとんど感じられませんでした。これは、誰かが救わないとたちまち消えてしまう命かもしれない。私はそのような、勝手な正義感を抱きました。気付けば、そっと男の後ろに着いて、同じ階段を登っていたのです。

長い長い階段でした。終わりがないように思えるほど続く階段を登っているうちに、息はぜえぜえと切れて、筋肉は悲鳴を上げました。これでは死にたい願望も、生きたい願望も、どこかに逃げていってしまうのではないかと思うほど、長い階段でした。

息も絶え絶えになりながら屋上に着くと、ちょうど太陽が、ビルの隙間に窮屈そうに沈んでいくところでした。辺りは黄金色に輝いていて、普段、日の光から逃れるように生きていた私には、眩しすぎるくらいでした。私は大きく息を吸い込んで、黄金色の空気を体内に取り入れました。心の内側が、やわらかく照らされてはくれないかと、そんな馬鹿げたことを考えていました。

宮部さんと目が合ったのは、その時でした。彼は私の存在に気付くと、大して驚いた顔もせず、じっとこちらを見続けました。その目は野生動物が人間を見つめる様子と似ていました。私も数メートル先にいる宮部さんを見つめ返していると、少しずつ、彼のこれまでの苦しみが、滲んで、漏れて、伝わってくるように感じました。

この人はきっと、自分の隠していた性癖を世界にばら撒かれただけでなく、たくさんの裏切りにあって、あらゆるものを失って、それで、死に場所を探しているのだとそう思いました。そして、その予想はほとんど当たっていたのでしょう。宮部あきらはしばらくその場で立ちすくんだ後、突然顔を歪めて、泣き出したのでした。

その涙を見て、この人は、炎上してから今日この夕暮れの瞬間まで、一度たりとも涙を流さず、本音を言えず、ずっと自分の中に怒りや憎しみや絶望を溜め込んできたのではないかと、私は思いました。彼は決して私との距離を詰めることなく、その場でグシャグシャと顔を歪めて、むせび泣いていました。生まれたての赤ん坊と異なるのは、大きな声を上げないことくらいで、延々と泣き続ける様子は、まさにそれそのものといった印象がありました。私の体感時間がおかしかったのか、それとも実際に、永遠のような一瞬があったのか。宮部さんは、本当にいつまで経っても泣き止むことがなく、日が落ちて、東京を照らす夜景が一面に広がってもなお、グズグズと泣いていたのでした。

テレビや雑誌、それと、音色くんの話からしか見聞きしたことのない宮部あきらが、初対面の私の前で、全てを曝け出して泣いている。その光景を見た私は、なぜか、この人を支えられるのは自分だけだと思いました。

どうしてこうも私は、いとも簡単に、自分は誰かを救えると勘違いできるのでしょうか。他人から受ける愛情や優しさで救えるのは、それらをまっとうに受け止めて育ってきた人たちだけであると頭でわかっているはずなのに、私はその時、宮部さんは私が救うんだと、心の底から思ったのです。

全てに見放されて、愛され方もわからない二人の人間が、こうして出逢ったのです。これは神か仏か、そうした科学では証明できない大きな存在に「生きろ」と言われているのだと、私は勝手に決め付けたのでした。

そして泣きじゃくる宮部さんを、私はそっと抱きしめました。宮部さんの背は音色くんよりも少しだけ高くて、ほんの少し脂肪がついていることが、コートの上からでもわかりました。久々に抱きしめる男の人の体はごつごつしていて、それがそのまま宮部さんの心の形を表しているようでした。私は彼が泣き止むまで、そっと抱きしめ続けました。東京の夜景はどう見ても機械的なはずなのに、その夜はまるで夜行性の生き物がゆっくりと瞬《まばた》きするように、私たちを見下ろしている気がしました。

涙と共に、苦しみや悲しみや、後悔も流れていったのでしょうか。宮部さんの印象は、メディアに出ている時のそれよりもずっと優しく、穏やかでした。私たちは屋上から降りると、引っ越したばかりだという宮部さんのアパートに行って、抱き合って眠りました。ずいぶんと寒い夜でした。お互いの体をくっつけていると、その隙間から渾々とお湯が溢れるように、温もりが部屋を満たしていきました。


宮部さんは、あの炎上によって多くの仕事を失い、表舞台に立つことはなくなりました。とはいえ、案件の依頼が全くなくなるということはなく、たまにやってくる依頼に応えては、報酬を得ることで生計を立てているようでした。彼の働きぶりを横で見ていると、数々のハラスメントでどれだけ人を傷つけても、彼が映像作品の企画や脚本において優秀である事実は、揺らぎようがないようでした。

その証拠に、エンドロールやスタッフクレジットに「宮部あきら」の名前は出なくとも、彼の作る作品は変わらず世の中に溢れ、多くの賞賛を得ていたのです。愚かなことに、それらを賞賛する人々の中には、「宮部あきら」に過度なまでの批判や誹謗中傷を繰り返していた人たちも多数見受けられました。「宮部あきらは女性蔑視をするので、作品もそういった内容が多く、不快だ」と書いていた人が、宮部さんのクレジットが消えただけの宮部作品を絶賛している。その光景を見て、私はその人たちのことを心底軽蔑しました。

私は、「良い作品を作る人は、ハラスメントをしても許される」という考え自体は、否定されるべきと考える一方で、「良い作品を作る人は、極めて模範的な人格者で、品行方正でなければならない」という風潮もまた、馬鹿馬鹿しいと感じていました。

「作品」と「作者」をできるだけドラマチックな物語で結びつけて、勝手に感動に浸ったり、憶測で嫌悪を示していく人たちのことを、心底馬鹿だと思いました。人間として問題があっても作品として優れているならば、それらは個別に評価すべきであるのに、なんでもかんでも因果で繋げたがる人たちを、低俗で下品な人間だと思っていたのです。ロックミュージシャンがアイドルと付き合っていると報道された途端に「直近のラブソングはそういうことだったのか」と考察を始めるファンも同じです。私にはそうした人たちが皆、とにかく醜く映っていました。

宮部あきら作品にそこまで傾倒した人生を送ってきたわけではなかった私だからこそ、そんな風に考えていたのかもしれません。とにかく、宮部さんはクレジットに自分の名前が出なくとも、映像作品において徹底的に質にこだわり抜き、妥協をすることはありませんでした。派手な仕事はなくなったものの、私からすればびっくりするような金額が入ってくることも、多々ありました。

人の記憶というのはつくづく脆《もろ》く、単純です。情報が溢れすぎた社会では、忘れることを覚えなければすぐに脳がパンクしてしまうようにできています。政府の不祥事も著名人のスキャンダルも、三日もすれば次の話題が提供されて、大切なことも忘却の彼方に追い込みます。この社会は多くのことをあっさりと忘れていくように、設計されているのです。

著名人が亡くなり涙していた人が、二時間後には好きなアニメの続編放送決定で大はしゃぎしている。それらを矛盾なく受け入れられる、切り替えに溢れる世界。「宮部あきらの炎上」も、半年もすればすっかり過去のことにされていったのでした。

宮部さんのことを世間が忘れていくにつれて、私と宮部さんが過ごす日々も、徐々に穏やかになっていきました。出逢ってすぐの頃は、傷も深かったのか、人通りが激しい街に出ることを嫌がっていました。それも数カ月が経ち、服も薄着になった頃には、帽子やサングラスがあれば日中でもどうにか外を出歩けるようになりました。宮部さんの関わった作品が世に出るたび、私たちはレストランを予約したり、ホテルに泊まったりして、ささやかなお祝いをするようになりました。でも、私たちはあくまでも、あの黄金色の屋上で出逢った「同じ匂いのする人」に過ぎず、夫婦でもなければ恋人同士でもなく、もちろん友人同士でもありませんでした。

キスもするし、セックスもします。そういう意味では、健全なカップルや世間でいうセックスフレンドのようにも見えますが、どうも私たちは、そういう言葉では捉えきれない、まだ名前のない関係を続けていた気がします。宮部さんとのセックスには、スポーツのように「攻守」が決められていました。宮部さんの欲求を最大限に満たす日と、私の欲求を最大限に満たす日。それらを交互にして、お互いを道具のように扱っていたのです。言うまでもないことですが、それらの行為に、音色くんとのセックスのような愛情は、一切感じられませんでした。私たちはお互いが足りないと思うものをお互いで補い合い、共依存のような関係になることで、「生存したい」というあたりまえの欲求を動かすことに成功していたのです。

外で手を繋ぐこともなければ、冗談を言って笑い合うようなことも、ほとんどありませんでした。ただただ外の世界を恐れるように、二人の世界を生きていました。お互いに興味を示すことを禁じられたようでいて、互いの傷や、自分の思う最も汚い内面を舐め合うように、切なく愛しているその時間だけが、私たち二人にはちょうどよかったのです。

宮部さんとの日々によって、それまで私が続けて服用していた精神安定剤も睡眠導入剤も、必要ない日が徐々に増えていきました。しかし、そんな日々がいつまでも続けばいいなと願うほど、終わりはあっけなく訪れるのです。

宮部さんと同じ部屋に住んで、三年ほど経った頃でした。私はその間にアルバイト先を二度替えていて、その時はクリーニング屋で働いていました。クリーニング屋に出される洗濯物には、汚れの種類によっていくつかのカテゴリーはあるものの、最終的には「汚れたもの」と

「綺麗なもの」の二つにハッキリと分けられていきます。それが私にはとても心地良いことのように思えていました。自分を含め、多くの人が中途半端に汚れているくせに、それを隠して綺麗なフリをしている世界で、クリーニング屋における白か黒かハッキリとしている空間は、残酷なようにも理想的なようにも思えました。

その日、私は閉店後の締め作業まで終えて店を出ると、宮部さんの家にまっすぐ帰りました。夕飯の具材くらいは残っていた気がするし、早く温かい部屋で寛《くつろ》ぎたかったのです。道には五日前に降った雪がまだしぶとくへばりついていて、いつもより狭くなった歩道は、少し息苦しそうに見えました。

いつもと違う、と感じたのは、玄関の扉を開けた直後です。宮部さんの家の玄関は、普段は整頓された靴が緊張感を持ってそこに並んでいるのに、その日は家を間違えたかと思うほど荒れていました。ただ乱れているだけでなく、何か、グシャグシャと丸められた紙くずのようなものが複数落ちていました。

何者かに荒らされている。

そう思った途端、体内に金属を流し込んだみたいに、私の体は硬直しました。何があったのか、誰がいるのか。スニーカーを脱いで恐る恐るリビングへの扉を開けると、そこには、肩で息をしている宮部さんの姿がありました。

宮部さんは、私と出逢ったときにはすでに、軽度のパニック障害があると診断されていました。狭いところや密閉された空間にいると、それだけで心は落ち着かなくなり、過呼吸気味になっていく。宮部さんの前に住んでいたマンションは全体がコンクリの打ちっぱなしでできていて、窓はあっても開かないものが多かったそうです。自分の部屋ですら落ち着かなくなってしまった宮部さんは、マスコミの目から逃れる目的もあり、今の木造のマンションに引っ越しました。新居は角部屋で窓も多く、とにかく風通しがよい造りでした。

そこまで配慮して家を選んだのに、またパニック障害が出たのかと、私は宮部さんの姿を見て思いました。すぐに落ち着かせようと近寄ろうとしたところで、彼が右手に、赤いノートを持っていることに気付きました。

そのノートは、私の日記帳でした。

音色くんと別れた日から、ずっと私が書き続けていた、虚無の塊《かたまり》。自分の醜さを自ら書き綴《つづ》った、誰にも見られてはいけないもの。

いつもは自分の鞄に入れておくか、服の間に挟み込んで宮部さんに気付かれないように隠していたのに、私が帰宅したとき、なぜかその日記帳は、宮部さんの右腕に収まっていました。私はその瞬間に、悟りました。三年間ずっと隠し通せていた、「私が岡本音色の元恋人である」という秘密と「宮部さんの部屋の写真を流出させたのはブルーガールである」という秘密が、この日、暴かれてしまったのだと。

宮部さんは私を強く、強く、睨みつけていました。歯をむき出しにして、眉間《みけん》には血管が浮き出ていました。大きな怒りに飲み込まれ、自分をコントロールできずにいることが、見てすぐにわかりました。機械が蒸気を吐き出すような、鋭く荒い息を吐きながら、彼は言いました。

「全部知ってた、ってことだよな？　知っていながら、俺が苦しんでるところを、ずっと見てたってことだよな？」

それからは、うまく思い出すことができません。確かなのは、宮部さんは本当に、これまで見たことも、聞いたこともないほど、怒っていて、その怒りの全てを、この日の私にぶつけたということだけです。

その怒りは正当なものだと、私は思います。私たちはこれまで、この部屋の外にいるあらゆる人間に心を開かず、全ての感情はこの部屋の中で、お互いにぶつけ合うことで、なんとか世界と繋がってこられたのです。そんな秘密の相手が、三年前の炎上の発端となる人物のすぐ近くにいたのだとわかれば、三年分の怒りや悲しみや後悔を私にぶつけてくることは、実に自然なことだと思えたのです。

だからこそ、彼からどれだけ酷いことをされても、私がここで受け止めなければならないと思いました。ここで私が止めないと、彼はまた、過ちを犯してしまうかもしれないからです。

実際、この日から、宮部さんが私に暴力を振るうことは増えていきました。殴る際にたびたび別人のような顔つきになる宮部さんに、私は日々恐怖していましたが、それでもなお、耐えていくしかないと思っていました。

日記帳を宮部さんに見られた日。殴られた私の唇の端が切れました。手で血を拭おうとしたら、頬までこびりつきました。その私を見て、宮部さんはようやく殴るのをやめてくれました。肩で息をしているものの、表情はいつもの宮部さんに戻っており、まるで何事もなかったかのように冷静な顔をした宮部さんが、それはそれで、怖くもありました。宮部さんは床に落ちている赤い日記帳を見ながら、言いました。

「今更『俺の部屋の写真を流出させた犯人は、ブルーガールだ』と騒いだとしても」

留守番電話に登録した自動音声のように、起伏のない声。

「世間はあいつらのことを、裁いたりはしない。宮部あきらの悪事を暴くきっかけを作ったヒーローなんだって、そう盛り上がるだけだよ」

そのことを、私もわかっていました。一度でも犯罪者扱いされたり、失言をした人間とみなされたりしたら、世の中はずっとその人にフィルターをかけて、「アイツはそういうやつだから」と、厳しく排除を試みるのです。たとえ改心し、社会の規律からはみ出さないように生きようとしてみても、「アイツは過去にハラスメントをしている」という既知の情報を意気揚々と持ち出して、表舞台に出てくることのないように、警備して回っているのです。これはハラスメントに限ったものではありません。毎年数十万人がなんらかの罪を犯すこの国では、前科持ちとなる人間の数は増え続ける一方なのに、多様性だとか騒ぐ一方で、多くの生活者たちは、その人たちの変化を見なかったことにして生きているのです。

本来、罪人に与える罰というものには、罪を省みさせて、更生させる側面が存在しているはずです。しかし、現代社会においては、一度でも世間が「悪」とみなした対象は、余程のことがない限り、ずっと「悪」として捉え続けるのです。万物が変化し続けるのは当然のことなのに、「人は変わらない」「私が悪に落ちるわけがない」「だから私は正義の市民の一人として、悪を斬るのだ」と、平気な顔をしてぬかすのです。だから今更「ブルーガールはリベンジポルノの発端となった」と悪事を暴いても、よりセンセーショナルな悪事によってもみ消され、その大きな悪にだけ、スポットライトは当たり続けるのです。そうした、馬鹿みたいに偏った正義の感情を振りまいて気持ち良くなっている人たちがいるうちは、宮部さんはきっと、一生加害者としての人生を過ごして、世界の隅で生きるのです。

きっと宮部さんは、怒りの矛先をどこにもぶつけることができず、この部屋の中で、私の帰りを震えて待っていたのだと思います。本来は、ブルーガールのメンバーに復讐しに行けばいいところを、それでは自分がまた「悪者」にされ、この世界からさらに排除されるだけだとわかるから、冷静さを保って、諦めて、私を殴ったのだと思います。

だからこれは、私が悪いのです。音色くんの家から飛び出した後も、ブルーガールの情報を徹底的に調べていた私だから、宮部さんの写真を最初に投稿したのがドラマーの玄也くんだとすぐにわかりましたし、そこから宮部さんが炎上しても、彼らが一切関わらないようにシラを切っていたことも、わかっていたのです。それを、日記にわざわざ書いて、宮部さんに見つかってしまった、私が悪いのです。

その日以降、私につけられた宮部さんの暴力による傷跡は、消えるどころか、増えていくばかりでした。一度、暴力で解決するようになった人間は、その手っ取り早さを覚えて、対話での解決をどんどん省略していく。そのことを、私は父から常習的に殴られていた経験から、覚えていました。

彼は、仕事がうまく回らなかったり、理不尽に屈しなければいけなかったり、自分の中に確かに存在する正論を抑え込まなければならなくなったりした時、欠かさず私を殴りました。彼が真っ当な市民としてこの世界で生活するためには、轟々《ごうごう》と煮えたぎっている本心を感情の奥底まで隠したままでいなければならず、その捌け口となっているのが、私だったのです。

最初は殴るか蹴るかしかなかった暴力も、エスカレートしていきました。部屋の壁には、数ヵ所にわたって様々な形の穴が開いていて、同じように、私の体にもいろんな形の傷がありました。夜通し殴られ続けることが増えて、朝が来ると全てが元通りになるように、また日常が始まるのでした。

その日も、一晩中殴られて迎えた、青が濃くなる前の空。フローリングに倒れたまま見た窓からの景色はどこまでも無責任で、ただただそっけなかったのを覚えています。私は痰《たん》がのどに絡まった気がして、それを流しに吐き出しました。流しを見てみると、それは痰ではなく血の塊で、私は内臓のどこかに傷がついたのだと察しました。

外傷自体は、湿布を貼って冷やしたり、止血すればどうにかなるものであっても、体の内側に傷がつき、さらには血を吐くまでに至ったかと思うと、私も流石に動揺し、戸惑いました。嘔吐は何度もしたことがあっても、痰かと思って吐き捨てたものが血の塊だった時の衝撃は、冷静さを欠くには十分でした。宮部さんが仕事に出かけた直後に、慌てて病院を予約して、二つ隣の駅まで、すぐに診察にいきました。

病院は、昔は真っ白であっただろう壁が、うっすらと汚れて黄ばんでいて、私にはそれが、人の肉片を擦った跡のように思えました。清潔そうに見えていて、実は最も多くの血が流れている場所。自分が病院を嫌いな理由が、その時うっすらとわかった気がしました。

緊急度が高いと判断したのでしょうか、院内はとても混雑していたのに、自分の診察の順番は、想像よりもずっと早く回ってきました。担当してくれた医師はとても親切で、診断自体もすぐに終わりました。ただ、一通りの傷を診たあと、先生は何かを忠告するような顔で言いました。

「警察に、連絡しましょうか？」

その一言で私は、病院に行ったのは間違いだったかも、と思いました。医師は、患者を見る目ではなく、何らかの事件の被害者を見る目で私を観察したようでした。

スポーツをやっていて、競技の関係で怪我をしたのだ。咄嗟に嘘をついたものの、複数の傷跡が残る体では説得力がなく、医師も信じていないようでした。「そういうんじゃないです」といくら伝えたところで、ではどういうものなのだろうと、自分でもわからなくなり、絡みつくように見ている医師の視線から目を逸らしました。診察室は幼児用の絵本に出てきそうなイラストが数点飾られていて、シリアスな環境を誤魔化すように置かれたそれらに、私は無性に苛々しました。

「誰を庇《かば》っているのですか？」

改めて先生は言いました。隠すことなく向けられた疑いの目を振り切るようにして、私は「本当に大丈夫なので」と言って、診察室を出ました。会計が終わるまで、ずっと誰かに見られているような気がしました。
警察に、通報されてしまうだろうか。

判断を誤ったことを、早くも後悔していました。宮部さんを犯罪者にしないために耐えてきた日々が、こんなことで無駄になってしまう。私が我慢すればそれで済む話だったのに、どうしてこんなことをしてしまったのだろうか。病院から駅までの道は、片側一車線の車道があるものの、人も車も自転車も通ることがなく、実に寂しく思えました。

一歩足を進めるごとに、後悔の重みは確実に増していきました。ただそれと同時に、「ではなぜ、宮部さんではなく、私が耐える必要があるのか？」という疑問が、ポッポッと小さな泡のように頭に浮かんでは、輪郭をはっきりさせる前に割れて消えていきました。私は、誰のために生きて、誰のために死ぬのだろうか。そのことを考えると、今の生活の全てが否定されてしまいそうで、頭を真っ白にして帰るしかありませんでした。

午前中は暖かかったのに、病院を出た途端に気温はかなり下がってきたようでした。寒く感じるのは自分の体調不良のせいではないと言い聞かせながら、駅のホームにつきました。間もなく夕暮れを迎える駅のホームは真っ赤に染まっていて、空自体が降ってきそうなほど近くにあるように思えました。

松田英治、という高校生と出逢ったのは、そんな夕暮れの駅のホームでした。

次の電車が来るのは十五分後だとわかり、どこか座る場所はないかとホーム内をうろうろと歩いていたタイミングでした。学生服を着た少年と、ふと目が合い、その途端、彼も私も、一瞬動きを止めたのでした。

宮部さんにも、音色くんにも、似ている。

それが彼に抱いた第一印象でした。

外見だけで言えば、背丈は音色くんより高かったし、髪の毛は、音色くんとも宮部さんともまた違った、真っ直ぐな黒髪を目元で揺らしていました。

全く違う見た目なのに、どうしてあの二人に似ているのか。その答えは考えずともわかっていました。彼は、宮部さんや音色くんと同様に、大切にされなかった匂いを持っていました。

駅のホームに設けられた待合室に消えていく彼を見て、私も誘われるように、ゆっくりとそこに向かいました。待合室は四方がガラスで覆われていて、エアコンが弱々しい稼働音を響かせていました。

高校生の斜め向かいに座った私は、携帯を覗くフリなどをしながら、彼の様子を窺っていました。どうしてそんなことをしようと思ったのか、わかりません。ただ、たった二人のホームで目が合い、わずかにお互いを意識した瞬間があった。それだけで私には、何か運命的なものを感じたのです。

ホームに滑り込んだ電車は、二つ、三つと、私たちを乗せずに通り過ぎて行きました。その間、私たちは無言で互いの足元を見たり、鞄の中身を整理するフリをしたりして、その場から動かずにいました。

帰らなければならない。

　頭ではそのことがわかっていました。宮部さんが帰ってくるまでに家にいなければ、病院に行ったことを知られて、また何かされるかもしれない。そうなる前に帰る必要がある。

　でも、なぜかその日、私は宮部さんと暮らして初めて「帰りたくない」と、明確に思ってしまったのです。

　日はあっという間に落ちて、夜が来ようとしていました。私は鈍い痛みを思い出して、お腹を両手でさすりました。さするたびに、どうして殴られるとわかっていてそこに帰ろうとしているのかと、自分の声がどこからか聞こえる気がしました。

　また一つ、電車が来るとアナウンスが流れました。その声がスピーカーからブツッと途切れた、そのときでした。

「誰か、待っているんですか」

　目の前にいた少年が、何かを謝罪するような小さな声で言いました。空耳かと思って顔をあげると、確かに彼は、私のことをじっと見ていました。前髪に隠れてしまうギリギリのところで揺れていた大きな瞳。呼吸する以上の目的を持ったように整った鼻。春のお告げみたいに薄いピンクの唇。やはり、音色くんとも宮部さんとも似つかない顔が、私をじっと捉えて、離さないのでした。

　彼はどうして、私に興味を持ったのでしょうか。赤の他人が電車を何本か見送ったところで、ふつうは声をかけようとは思わないはずです。

　ただのナンパだと考えることもできました。でも、その真っ直ぐな瞳は、こちらに手を差し出そうとしているようにも、助けを求めているようにも見えたのです。つまり、この少年は、私と同じように、誰かを救うことで自分が救われたいと思っているのではないか。たった一言尋ねられただけで、私はそんなことを考えていました。

「あ、いや、帰らなきゃいけないんですけど」

「けど」

「今日は、帰りたくなくて」

　これではまるで誘惑しているみたいじゃないかと、私は自分のコミュニケーション力を恨みました。相手はまだ十代の男の子です。誘うつもりもなければ、「同棲している彼から暴力を受けている」なんて深刻な相談に乗ってもらうつもりも、毛頭ありませんでした。自分にもそのくらいの分別はついているつもりです。

　でも彼は、どうにかして私の心を開かせようとしているようでした。聞いてもいないのに自分から身の上話を始めて、最後まで話してしまうと、次はそちらの番ですと、そんな顔をしたのです。それほど私は、誰かに助けを求めているように見えたのでしょうか。それとも、誰かに話したくて仕方ないから、無意識のうちに未成年の男子を捕まえて、喋らせていたのか。いずれにせよ、英治くんが話してくれた、母親と知らない男の話を聞いて、私も自分がこの場から動けなくなった理由を、彼に教えたのでした。

　英治くんは自分の不幸を語るとき、元から暗い印象の表情をさらに暗くして、そのまま人形になってしまうのではないかと思うほど生気をなくしていくのでした。それでも、私の話になると今度は、涙を流しそうなほど自分ごとのように深く話を聞いてくれるのです。その感情の揺れ幅に、話している私が戸惑うくらいでした。駅のホームは帰宅ラッシュが始まって、徐々に降りてくる人が増え始めていました。降りた人の数だけ家庭や生活があることをグラフに示しているようでした。平和な匂い。何も知らない匂い。不都合を知っていても見て見ぬフリをする匂いが、あちらこちらからするようでした。

彼は一度自分の話をすると、あとは私の心配ばかりをしていました。私はその日まで宮部さんの心配ばかりをしていたから、人に心配されたのが本当に久しぶりで、どうして今までこの感情に気付かなかったのかと驚きました。体の中心から少しずつ温かくなっていくような、不思議な感覚があったのです。英治くんは絶望していた私の顔を見て、どうにかしたいと思ったのでしょう。私もきっと、同じ顔をしていたはずです。自分は人を救えるなんて大それた勘違いを、彼は疑いもなく持つことができて、私もこの期《ご》に及んで、まだ彼を救ってやりたいと思うのでした。

家に帰りたくない時は、同じ時間、この場所で、待ち合わせしよう。

私と英治くんは、そんな小さな約束をしました。いつかはお互いを救うのだ、という自惚《うぬぼ》れを胸に、ほんの気休めを得られる場所として、駅のホームの待合スペースを選んだのでした。

それから、どのくらいの時間を、待合スペースで過ごしたでしょうか。私たちは一度会えば、どちらかが帰らなければならないギリギリの時間まで、延々とその場所にいるようになりました。英治くんの学校で起きた出来事や、私のバイト先に来た変なお客さんのこと、ブルーガールの最近の躍進についてや、彼の母親が連れてくる男の話など、お互いに一切の隠し事をせずに話せることが、楽しくてしょうがないのでした。

彼は最近、母親が連れてきた男から陰で暴力を振るわれていて、お腹に大きな痣を作っていました。その位置が私と同じ場所だとわかると、「これで凜さんとお揃いだ」と、嬉しそうに話すのでした。

私は、英治くんとこうして会っていることを、宮部さんには決して明かさないことを前提に、自分の中に溜め込んでいるストレスを彼にぶつけていました。しかし、話せば話すほど、そのストレスの原因が宮部さんにあることがわかって苦しいのでした。ここ数日は、拒否権のないセックスに応じては暴力を振るわれる日々が続いていました。

「このまま、どこか遠くに行きたいなあ」

「あ。そうしようよ、二人でどこかに、逃げちゃえばいい」

「そんなこと、できたらなあ」

「やろうよ。僕、お金だけは、もらってるから」

「ううん、もしも逃げ出したら、私、殺されちゃうかもしれない」

「殺すなんて、そんな」

「できるんだよ。知らないんだよ、君は。人を殺せる人って、いるんだよ」

「だったら尚更、逃げなきゃじゃん。二人だけの秘密にして、出かけようよ。このまま、帰らなきゃいい。捕まらないところまで」

そんなやりとりをしながら、考えていました。一緒に逃げることはできないけれど、でも、もう宮部さんと暮らすのは、限界なのかもしれない、と。

やけに月がくっきりと見える夜でした。明日には雪が降るかもしれないと天気予報は告げていて、その次回予告のような寒さだけが、私たちを包んでいました。駅の向かいのホームの下では、少し早く咲いてしまったネモフィラの青い花が、寂しそうに揺れていました。

このままでは、私が先に、ダメになってしまう。

その夜、私は、宮部さんの家を出ていくことを決めたのでした。

数日前に降った雪が解けきらないまま、その上にまた雪が降る。たくさんの人に踏まれて薄汚れた雪が、帰り道はやけに汚らわしいもののように思えていました。その雪のせいなのか、足取りはやけに重く、体中がピンと張り詰めたように緊張しているのがわかりました。

宮部さんの部屋に戻った私は、彼がまだ帰っていないことを確認すると、部屋に散らばっていた荷物を一息でまとめていきました。私の私物はこの三年のうちにかなり増えていて、いつか音色くんと一緒にいた時はここまで荷物がなかったのに、と、今更当時のことを思いながら作業を進めていました。

必要最低限のものだけドラムバッグにしまうと、部屋にぽっかりと空間ができました。手を伸ばせば飲み込まれてしまいそうな不気味さがあり、私は時にその空間に目を奪われながら、処分に出すためのゴミ袋に、いらないものを詰めていきました。こうして自分の私物を見てみると、捨てたいと思うものはあまりに多くて、どれだけ自分がいらないものに囲まれていたのかを実感することになりました。

外はいよいよ雪が降り出しそうな気配がしていて、雲そのものがまるまると肥えていくような、重たく低い空が広がっていました。

今夜を越えたら、今度こそ私は、自分のための人生を生きよう。

私はカーテンのついていない大きな窓を見ながら、そう覚悟を決めていたのでした。今度こそ誰かを救おうとせず、誰かに救われようとも思わず、一人で生きていくだけの力を身につけるべきなのだと、自分に強く強く言い聞かせていました。音色くんのことも宮部さんのことも救えなかった私には、英治くんを救うこともきっとできないのだと、言い聞かせるしかありませんでした。

ゴミ袋を二つ縛ったところで私物は全てなくなり、いよいよ宮部さんの部屋を出る準備が整いました。最後に玄関から部屋を見回すと、宮部さんと初めて抱き合った夜の記憶がふと蘇《よみがえ》ってきました。あの夜、宮部さんはずっと泣いていて、なぜかそれに釣られるように、私も涙を流していたのでした。誰よりも弱々しく抱き合っていた私たちは、三年を経て、想像もつかないような関係性に変わってしまいました。それでも、私は宮部さんのことを、できれば最後まで守ってあげたかった。きっかけは本人にあったとは言え、その罪以上に大きな罰を背負わされ、日陰で生きていくしかなくなったあの人を、最後まで支えてあげたかったと、この時の私は、本気で思っていたのです。

宮部さんを支える人が、また現れてくれることを願いながら、私は玄関の扉を開けました。ドアノブはやけに軽くて、拍子抜けするくらいでした。気持ちが軽いだけでここまで違うのかと、一歩外に踏み出したその時でした。

宮部さんが、目の前にいました。

「あー、そういうこと？」

手に握っていたドラムバッグと、私の奥に映るすっきりと片付けられた部屋を交互に見て、宮部さんは言いました。その声に力はなく、ただ、少し意外だなと、そんなニュアンスだけが含まれていたように感じました。自分に逆らうハズがない。必ず服従させてやると、そんな自信すらも感じ取れるようでした。

次の瞬間、宮部さんのゴツゴツとした両手が、私の首を締め付けていました。

突然のことに体は反応できず、呼吸ができなくなったことに驚いて、すぐに視界が真っ黒に落とされようとしていました。肺や心臓はバクバクと暴れ出している一方で、全身に力が入らなくなっていき、抵抗しようとする腕も、どんどん上がらなくなりました。

首への圧力が弱まったかと思うと、今度はお腹に激痛が走り、私はその場に倒れました。宮部さんは、これまでにない力で、私を土足のまま何度も踏みつけ、お前が。お前が。と、それだけを連呼しました。

革靴の先であばらを蹴られながら、私の目には、なぜか駅のホームが、見えていました。英治くんと時間を潰していた、あのホームです。今、私はあそこに逃げたいのだと思いました。あそこに行けば、きっと英治くんは、私を受け入れてくれる。あそこまで、生き延びれば。今日の別れ際、私はあの高校生に言いました。朝が来れば、大丈夫だからと。私はその時の自分の言葉を信じて、今夜を乗り越えようと何度も決意しました。傷がついていると言われた内臓のあたりを蹴られるたび、口から血が吹き出しそうになっても。何があっても、絶対に朝まで生き延びて、ここから抜け出してやるんだ。

強く強く、自分に言い聞かせていました。

でも、結局、脆かった私の体は、朝を迎えることができませんでした。

10．チューリップ

「あれ？　宮部あきらって、何の人だっけ」

テーブルの向かいに座るメイの一言で、ナツメは嫌な予感がした。何年も掃除していなかった屋根裏を覗くように、恐る恐るテレビに顔を向ける。メイの家から持ち込まれた小さなテレビには、三年前の宮部あきらの写真が映し出されていた。

「あ。この人、あれじゃない？　三年くらい前にセクハラとかパワハラで騒がれてた人じゃなかった？　あ、ホラ、やっぱりそうだよ。うわー、とうとう殺しちゃったんだ。こわ」

メイは蛙《かえる》の死骸でも見るような表情で、テレビに向かって矢継ぎ早に言った。最近短くした茶色の髪は毛先がくるんと内側を向いていて、どことなく羊のツノのようだった。右手で摑んだ箸は白米を載せたまま、口の前でピタリと静止していた。

――交際相手の女性を殺してしまったと容疑者本人が中央街警察署に自首し、事件が発覚しました。亡くなったのは都内在住の岩崎凜さん（27）で、警察は傷害致死の疑いで捜査を進めています。ところで、宮部あきらと言えば……。

事件自体の情報は最小限に留められて、番組はすぐに宮部あきらの経歴について解説を始めた。スタジオには大画面のボードが運び込まれ、そこにこれまでの宮部あきらの映像作品と、三年前のセクハラ・パワハラ騒動の情報が並列にまとめられている。キャスターの背景を彩る舞台装飾は全てパステルカラーで揃えられており、暗い話題でも強引に明るくまとめようとする覚悟が全体から醸し出されていた。

出演しているコメンテーターたちは、石を投げるべき相手を見つけて嬉しそうな顔をしている。ナツメは、自分もあんなふうに正義を背負ったフリをして、悦《えつ》に入った顔をしていたのだろうかと自問した。

――そもそもセクハラ・パワハラが明るみに出た人と一緒に住もうだなんて、よく思えましたよね。私はそんな相手、怖くて、無理だなあ。

――その結果、殺されちゃったわけですもんね。やっぱり普段の行動から、犯罪の予兆は滲《にじ》み出てるんですよ。セクハラ・パワハラは軽視されすぎている。もっと厳しく取り締まるべきですよ。

それっぽいことを、それっぽい説得力を持って述べる。人は話し方が九割。見た目が九割。第一印象が九割。新書のタイトルにありそうな情報を本気で信じているようなコメンテーターたちは、残りの一割に全く興味を示さない。こうした番組を見るたび、怒りに近い、居心地の悪い感情が湧いてくる。ナツメはその感情の置き場所に、いつも困っていた。

「酷いなあ」「よくやるよね」「ひゃー」「うっわー」「えーこわ」

向かいに座るメイは、テレビと会話をするようにリアクションをとる。その姿を見ているだけで、ナツメはなんだか疲れてきてしまう。偏見まみれの発言をどうして真に受けてしまうんだろう。わざわざ口に出す気はしないが、喉の奥でムズムズと、メイに対する不満が動き回っている。

出逢った頃は、告白された時は、一緒に暮らし始めた日は、あんなにも全てが愛おしく、全てを許せそうな気がしていたのに、どうして今は、そう思えないのだろう。二人で住もうと決めた部屋は、開放的なリビングが決め手だったくせに、いつの間にか物が増えて、窮屈にしか思えなくなっていた。何度注意しても辞めてくれなかったタバコの煙が、今もこの部屋の壁のシミを大きくしていく。

テレビは流行りの音楽をランキング形式で紹介していくように、宮部の過去を順に暴いていく。人が一人死んだはずの事件なのに、その残酷な真相を意図的に隠すように、宮部あきらの過去のスキャンダルばかり掘り下げられていった。その品性が、ナツメにはやはり理解できない。

「もしも自分が、ハラスメントの被害者だったとして」

三年前の記憶が、ナツメの頭によぎる。

「その犯人が、仮にもお世話になったこともある上司だったとき、この人たちは、今みたく嬉々として、お縄についたその人を笑うことができるのかな?」

テレビは、過去に宮部が脚本を務めた長編映画の予告編を映している。宮部の出世作となった作品について、「この中にも暴力シーンが描かれている」と真面目な顔でコメンテーターが言った。メイは、ナツメの話など一切聞いていないかのように、テレビ画面に釘付けになっていた。また無視か。ナツメは机の端に置いてあった携帯電話から、SNSのアイコンをタップした。

　被害にあった人がかわいそう

　二度とこんな事件は起こしちゃいけない

　事件には直接関与していない、見ず知らずの人がネットに投稿した正義の言葉の八割は、実は加害者を糾弾したいがための免罪符として使われているだけ。本当は被害者を守る目的なんて微塵もなくて、ただ自分が燃やしたい相手に薪をくべているだけ。正義を演じた方が社会から仲間外れにされないから、真っ当なフリをしているだけ。ありったけの罵声を吐き出すことが、現代のストレス解消法の一つなだけ。画面に流れてくる匿名のコメントを目で追う。マスメディアもSNSも別の地獄が広がっているだけだとナツメは思った。

〈美人マネージャーが告発！　宮部あきら、セクハラ・パワハラの実態〉

　三年前。その記事タイトルを見てすぐに、ナツメは宮部からハラスメントを受けたときとよく似た嫌悪感を抱いた。体の中心に鉛が落ちるような重たい感覚に襲われて、頭だけが熱く、手足はどんどん冷えていくのがわかった。

　私が振り絞った勇気は、こうして娯楽の一つに変換されて、世の中に広がっていくのか。

　別に誰かに心配されたくて、宮部さんのハラスメントを世に明かしたわけじゃない。たとえ自分の生活が悪い方に一変しようとも、誰かが宮部さんを止めなきゃいけないと思ったから、行動しただけ。社員はほぼ全員が宮部さんの態度を問題視していたし、一つの組織として健全な環境になるためには、トップの意識が変わるしかなかった。そこまでの段取りに一つも間違った理屈はない。そのことを確認した上で、私は覚悟を決めて、行動に移したのだ。正義の旗なんか、一ミリも掲げたつもりはない。今まで見て見ぬフリをしてきた問題に、正面から向き合っただけだ。

ナツメは自分の行動に間違いはなかったと、何度も言い聞かせる。でも渦中にいた当時、そんな思いも切り裂かれるように、世間の牙はナツメにも向けられた。

どうせ女の被害妄想でしょ?

いかにも誘ってそうな顔してるわ

出世できない腹いせでは?

ちょっと顔がいいからって調子乗ってる

言うほど美人じゃなかったウケる

これはヤれる

何の事情も知らない匿名の声が、執拗《しつよう》に襲い掛かった。告発するくらい気の強い女だから、多少の悪口なら大丈夫だろうと、そんな心の声まで透けて見えるようだった。ナツメは、投げかけられた誹謗中傷の数々をサンドバッグのように受け止めて、心を壊して会社を辞めた。

あれから三年。もう顔を合わせることは二度とないと思っていた宮部あきらが、人を死に至らせ、画面の前に再び現れた。

「余計な挨拶とか、本当に無意味だから。あれは仕事できないクズが上の機嫌をとるために始めたことだし、さっさと要件伝えてくれれば、それでいいから」

ナツメが宮部の会社に中途入社したその日。宮部はナツメに対して、目も合わさずにそう言った。ナツメはその発言に違和感を覚えなかった。全てを効率化してこそ宮部あきら作品は質を担保できるのだと、感銘を受けながら頭に刻み込んだ。

憧れのクリエイターの横で、働くことができる。

宮部の会社に入ってくる人間の多くは、そうした期待で胸をいっぱいに膨らませて入社する。内定が出た時、ナツメも他の社員と同じように喜んだ。それまで働いていた国内最大手の商社も悪い会社ではなかったが、どこか物足りなかった。できることなら自分の上司となる人は、非の打ちどころのないほど優秀であってほしいと、ナツメは常に思っていた。

ナツメは会社組織に属する人間として、とにかく優秀だった。関連部署との細かな連携や、斬新かつ安定した企画の提案、きめ細かな資料作成もできる上に、社内外の政治にも強かった。中でもプロジェクトマネジメントにおいては、ナツメの知る限り、その会社でナツメより優れた人がいなかった。

そこまで優れた能力を持ちながら、ナツメは、人の上に立つことが苦手であり、部下を育てることにも興味がなかった。それゆえに、自分が管理職になることを徹底的に嫌がり、その代わり、自分より優秀な上司を探し求めるようになった。

ナツメが宮部の会社の求人案内を見つけた時、ここなら自分の持っているスキルを活かしつつ、天才と言われる宮部あきらのそばで仕事ができると思った。

実際、入社してからも、宮部への尊敬や畏怖の念は変わらなかった。ナツメは宮部あきらの才能に、憧れていた。過酷な労働環境ではあった。それでも圧倒的なクオリティの成果物を量産できる宮部の働きぶりを見ていれば、彼の言動に多少の差別的発言や誹謗中傷表現が交じろうとも、不満は湧いてこなかった。天才の性格が破綻《はたん》していることなど、よくある話だ。そう笑って話して、宮部の全てを受け入れていた。

今となっては思う。そうして彼を疑わなかったことが、いけなかったのだと。

ナツメが宮部のマネージャーとして働くようになって、二年が経った頃。ナツメは、宮部の家に呼ばれた。「急ぎで渡しておきたい書類がある」と言われたから、行くしかないと思った。疑う気持ちもなくはなかったが、この二年間の関係性を考えると、宮部がナツメを性対象として見ている可能性は、極めて低いと判断していた。

住所だけなら暗記するほど見てきたが、宮部の住むマンションに実際に入るのは初めてだった。社員は誰も呼んだことがないと、よく聞かされていた。広いエントランスではヒールの音がよく響いた。言われたとおりのナンバーをプッシュして自動ドアを潜ると、エレベーターに乗る。指定されたフロアで降りると、廊下に、上司の姿が見えた。が、肝心の書類は手に持っておらず、代わりにロックグラスが握られていた。

「すみません、遅れました」

「いやいや、大丈夫」

上司からアルコールの匂いがした。普段ナツメは、酒を飲んだ男性の近くに寄らないようにしていた。それは、万が一のことを考えての、ナツメができる数少ない防衛手段のひとつだった。

ひとりで男性の家に行かない。

酔っ払った男性には近付かない。

思いどおりに動く女だとは思わせない。

ナツメが守ってきたいくつかのルールが、この日、ことごとく破られていた。それも、宮部あきらが相手なら仕方ないと思った。世界規模で活躍するクリエイターの指示ならば、従うほかない。あまり深く考えずに、そう思っていた。

結果、ナツメは、宮部に強引に服を脱がされかけ、唇を奪われた。

マンションの廊下で、だった。玄関の前まで連れてこられて、入室するのを拒んだ結果、その場で壁に押さえ付けられて、デニムを脱がされた。——男性と二人になる可能性がある時はスカートを穿かない。そのルールは、無意味だと知った。

男の人の力はこんなにも強いのかと、ナツメは初めて知った。二十九になる年だった。ショーツまで下ろされそうになったところで、宮部の頬を強く叩いた。それで、ようやく元の空気に戻った。宮部は、「ああ、ごめん」と言って、ナツメから離れた。

「こういうことに興味ないなら、そう言ってよ。勘違いするだろ」

ナツメはその日から、宮部の差別的な言動やハラスメントを全て記録し、いつか訪れるであろう、宮部が失脚するタイミングまで、待つようになった。そして三年前。宮部の部屋の写真がネットの海に放流されたタイミングで、その時が訪れたのだった。


「ナツメ、どうかした？」

柔らかい声が聞こえて、ふと我に返る。目の前に、メイの心配そうな顔があった。羊、と思うと、本当に羊を擬人化させたように思えてくるから不思議だ。

「なんか、すごい険しい顔してたよ、今」

「ううん。ちょっと思い出してただけ」

「何を？」

「んー、いろんなこと？」笑って誤魔化すと、メイもそれっきり、深く追求してくることはなかった。出勤の時間は迫ってきているのに、メイはまだ、テレビに向き合ったままだった。彼女は何も知らない。知らないままでいいと、ナツメは思った。


「チューリップ、好きなんですか？」

ナツメが初めてメイに話しかけられたのは、その花屋に通い始めて四日目のことだった。

メイの働く花屋は、ナツメの家から駅に向かう道の途中にあった。派手な模様の割に存在感をほどよく抑えたアンティークの椅子や、おそらくＤＩＹで作られたであろう棚などが印象的な小さな花屋は、朝早くから開いているので、通勤中のナツメの視界にもよく入っていた。

宮部の炎上から少しして会社を退職し、知人のツテを借りて食品メーカーに勤めることになると、ナツメは通勤しやすいように、メイの花屋のある街に引っ越した。知人が誰も住んでいない街に引っ越すのはいつものことだったが、東京から出たのは初めてだった。

転職先の会社は、良く言えば歴史があって、悪く言えば古めかしかった。全てをルールで固めたような社内の空気はいつも張り詰めていて、換気扇の音が大きく聞こえた。ナツメはその空間が窮屈に感じて、何か少しでも場を癒すものがあったらいいと思い、メイの花屋でチューリップを見ていた。デスク近くに鉢を置いたら、見るたびに癒されそうじゃないか。オフィスに花を置いたくらいで「女性らしいね」といちいち言われる面倒くささも予感したが、そんな小言は無視すればいいかと、ナツメは開き直った。

「会社に置いたら、いいかもなって思ったんです」

そこまで言い終えてから、ナツメは初めてメイと目が合って、戸惑った。

何かの催眠にでもかかったようにとろんとした瞳に、薄く塗られたチーク。少し大きな前歯は、小動物のようだった。作業をするためか、冬場なのに黒い半袖シャツを着ていた。その袖から伸びた細い腕は驚くほど白く、これを透明感と呼ぶのだろうかと、ナツメは数多《あまた》の化粧品広告の言いたいことをこの瞬間にようやく理解したほどだった。

「いつも、見てくださってますよね。そろそろ買うかな？　なんて思ってました」

笑顔がそのまま、花のような人だった。こういう人のそばにいられたら、どれだけ日々が安らぐだろうと、ナツメは本気で考えていた。考えながら、それを悟られないために、チューリップの花を撫でて誤魔化した。

「何色とか、希望はありますか？」鉢には赤、黄色、ピンク、オレンジなど、いろんな色のチューリップが植えられている。どれもこの場では綺麗に思えても、家に飾った瞬間に部屋と合わないことがわかったりするから、花は厄介だとナツメは思った。

「店員さんの、オススメはどれですか？」

「え、オススメですか？　うーん……全部なんですよねえ」

メイは自分でクスクスと笑った後、アニメみたく腕を組んで、うーんと思考をめぐらす声を出した。この人は仕事中だからこのテンションなのだろうか。それとも、普段からずっとこうなのだろうか。足元を見ると、スニーカーの紐がごちゃごちゃと強引に結ばれていて、その雑さまでが、ナツメには愛おしく思えるのだった。

「チューリップって、色によって花言葉が違うんですよね」

難しい問題を解こうとする小学生みたいに、額にわずかなシワを浮かべながら、メイは言った。

「例えば、オレンジは『照れ屋』です」

「へえ、照れ屋？」

「そうです。かわいいですよね」

自分のことのように照れ笑いするメイがおかしくて、気付けばナツメもつられて笑っていた。

笑ってから、こんな些細《ささい》なことで笑えたのは随分久しぶりだと思った。ナツメの笑顔を見てメイも安心したのか、そこからは意気揚々と、花言葉について熱弁を始めた。

「まだら模様のチューリップは『美しい眼』、黄色いチューリップは『希望のない恋』です。ピンクは『愛の芽生え』だったかな。当てはまるかわからないんですけど、花言葉で選ぶっていうのは、どうですか？」

首を斜めに傾けながら、メイは尋ねた。教えてもらった花言葉の中で、その時のナツメの気持ちに合うものは、一つしかなかった。

「じゃあ、黄色にします」

「え、黄色ですか？　『希望のない恋』ですけど」

メイが、心から驚いた顔をしたように思えた。ころころと表情が変わるメイが面白くて、ナツメの頬はつい緩んだ。「いいんです、きっと、希望はないので」

——あなたが、私の気持ちに気付かない限り。

そう思いながら、ナツメは答えた。

メイは少し落ち込む様子を見せた後、並んでいるチューリップに視線を落として、どのくらいだろうか、しばらくそこから、動かなくなった。

「やっぱり、赤にしませんか？」

思い立ったようにメイが言った。天気が良いから外でごはん食べませんか、くらいの、軽い誘いにも思える声だった。

「え？　赤って、花言葉なんでしたっけ？」

「赤は、『恋の告白』です」

メイは、赤いチューリップが植えられている鉢を持ち上げた。細い腕を守るように着けられた軍手が、どうにも不格好に見えた。

「いやいや。え？　誰が、誰にですか？」

そこまで言ったところで、メイはナツメの目を見て返した。

「私から、お客さんに、です」

その時のメイは、この地球上で「好き」という気持ちを伝えてはいけない相手はどこにもいないと、確信しているように見えた。満面の笑みを浮かべて、実に明朗に言った。自分の好意が断られるはずがないと、自信に溢れているようにすら思えた。

ナツメは、愛されることが当たり前だと思っている人間を毛嫌いする節があった。日頃から自分が同性愛者であることを悟られないように生きてきたナツメにとって、好意を人前にさらけ出すことは、社会的自死に近い意味があった。

性的指向を隠すことを徹底した結果、宮部から執拗に誘われ、部屋まで強引に連れて行かれることにもなったが、これまでナツメが男社会でやってこられたのは、心を強く、堅くし、仕事が恋人だとでも思わせておけば済むように働くことで、アイデンティティを隠してこられたからだった。

でもこの日、メイはナツメの性的指向が何であろうと関係はないように、赤いチューリップをナツメに薦めた。その眼差しが眩《まぶ》しすぎて、ナツメは大いに戸惑った。でもナツメは、その好意を断る方法を知らない。初めて自分が他者から受け入れられた気がして、ただただその温かさに抱かれていくことになった。

その日から二人は、氷が湯に溶けるような早さで、お互いを欠かせない存在と思うようになった。花の蜜のように甘い日々が始まった。毎朝、目を覚ますとすぐそこに、愛おしい存在が眠っている。絹のように滑らかな髪と、幼さを残す輪郭の膨らみ、足の先まで愛されるために造られたような柔らかい肌。ナツメは生まれて初めて、本当に好きな人を自分のものにできたことで、大きな充足感を得ていた。生涯孤独。それが自分の運命と当たり前のように考えていた。だから一人で生きていけるように、賢く、たくましく、男たちに屈せずに生きていこうと努力してきたのだ。それがこの日々によって、自分の中にあった「男らしくあろうとする女」から、解き放たれていくような気分があった。

メイもまた、ナツメのそうした姿勢に惹かれていたようだった。毎朝、綺麗なラインが入ったパンツスーツに身を包み、高いヒールで軽々と歩くナツメの姿に、ヒョウのように野生的な美しさを感じ取っていたのだろう。それが二人でいる時は、小動物のように大人しく人懐こい印象に変わる。メイは、自分にないものを全て持っているようなナツメを眼で追うたび、憧れが恋に変わっていく感覚があったという。

お互いがお互いを求めて、より惹かれ合う。思いはどんどん肥大化し、重たく熱を持っていく。恋に落ちるとは、こうして二人ごと、乱暴に谷底に堕《お》ちていくような感覚をいうのだと、ナツメは初めて知ったのだった。

そんな日々が、確かにあったはずなのに。

今の私は、どうしてこんなに、メイのことを受け入れられずにいるのだろう。

ナツメは思い起こそうとする。戻れるならどこからやり直すべきかを。

そしてその答えは、いつも同棲してから二年目の夏の一日に帰結した。


「久々に八丁目行くけど、ナツメどうするー？」

ある夜。近くを散歩してくるけど、と言わんばかりの気軽さでメイは言った。翌日は二人とも休みだったこともあり、メイはいつもより機嫌が良さそうだった。

八丁目。そこは、自分の性別や性的指向なんかどうでもよくなる街だと、メイは言う。

「みんな、高尚なこと、いろいろ言うじゃん？　でも根本的にはさ、人間だって本能で成り立ってる動物でしかないと思うの。自分たちのこと、いつの間にか聖人かなんかだと勘違いしてるだけで。八丁目の人たちは、みんな欲求に従って、自由に生きてる。なんかそれが自然だと思うし、安心するんだよね」

メイはもともと、あらゆる性別の人に対して恋愛感情を抱ける人間だ。そのことをナツメが知ったのは、二人が同棲を始める少し前のことだった。「一応知っておいてほしいんだけど」と、メイは大した話でもないように、さらりと言った。それを聞いて、ナツメはメイのことを尊敬した。羨ましく思った。ナツメは自分の性的指向をオープンにできたことが一度たりともなかった。だからこそ、メイの告白を、心の底から嬉しく思った。この人は自分を心から信頼してくれているのだと、強く信じることができた。

メイもナツメも、「ほかの人とは違う」ことによって、似たような失望を経験してきてはいた。でもメイはきっと、過去には異性と恋をしたことがある。それに、メイは自分の性的指向を親にはオープンにしていないと言っていたけれど、きっと幼い頃から愛されることが当たり前であるように育てられたのではないかと、ナツメは予想した。だとしたら、自分とメイは、全く違う生き物だ。私は人を強く愛せるだけの自信がないし、愛され方もわからない。メイは愛され方も知っているし、どんな性別でも関係なく愛することができる。もしかしたら、それを生命力と呼ぶのかもしれない。愛せないし、愛されない自分は生命力が弱い。見た目は同じ女同士であっても、この差は天と地のように遠いものだと、ナツメは思った。

メイがパンセクシュアルであると自認したのは高校生になってからだという。「ネットがある時代に生まれてよかった」と語るメイの意見には、ナツメも共感できた。社会の制度では救いきれない人たちや、世界からいなかったことにされている人が、インターネットの恩恵を受けたことで「自分は一人じゃない」と気付けて、手を取り合い、声を掛け合うことができるようになった。それは人類にとって大きな進歩だと思う。でも、それはあくまでも、ネットの「光」の部分に過ぎない。

どうせ女の被害妄想でしょ？

いかにも誘ってそうな顔してるわ
ナツメの頭の中には、常に匿名の人間たちから注がれた悪意の声が反響している。ＳＮＳには「生きたい」と思わせてくれる力と同じ数だけ「死にたい」と思わせる力も存在していて、その複雑性は人間そのものみたいだ。一面だけに光を当てても実態は見えないし、全てを照らせるほどの光量はどこにも存在しない。そして、影の部分にこそ居心地の良さを感じていたり、影のままでありたいと願う要素も人は大抵持ち歩いている。私はその影自体なのだと、ナツメは思う。

メイは八丁目のことを「インターネットみたいなところ」と表現した。日常では見たことのないような人に出逢えて、繋がれて、またすぐ離れていく。この場所に偏見を持つ人も多いけれど、でも、日陰に生きる人たちが堂々と歩いていられるのは、素晴らしいことだ。メイは誇らしげにそう話した。

ナツメは、そんなオープンな環境に自分が馴染めるはずがないと思った。何度誘われても断り続けてしまうのは、そもそもの対人関係におけるスタンスが、メイと自分で異なることをわかっていたからだった。

「あー、ちょっと仕事立て込んでるし、やめとこうかな」

できるだけメイに悟られないように、ナツメは携帯を見ながら言った。すると、玄関にいたはずのメイが後ろから抱きついてきた。

「大丈夫だから、一緒に行こ？」

柑橘《かんきつ》系の香水の匂いが、鼻に届いた。

メイはまた、香水を替えたみたいだ。


週末の八丁目は、二十時を過ぎる前から道端にも人が溢れ出す。外国製の瓶ビールを片手に酔っ払いが群れを成して、政治の話からペニスの話まで大声で議論している。祭りが開かれているように騒がしく、学園祭の終わりのような、刹那的な盛り上がりを感じる。

ナツメは男性が道端で輪になっているところを見ると、体が拒否反応を起こす。喧嘩になったときに近くにいると巻き添えを喰らうんじゃないかと思ったり、罰ゲームでナンパに駆り出された男がなかなか引き下がらなかったりするんじゃないかと怖くなって、距離を取る。

ナツメとは反対に、メイはそういうところに積極的に首を突っ込む。八丁目で作った交友関係は知らぬ間にかなり広がっているようで、数メートル歩くたびに大小問わずさまざまな群れに飛び込んでは、挨拶を交わしていた。

「本当に人が多いね」

ナツメは嫌悪感を込めてそう言ってみるが、メイはそれを肯定的に受け止めているようだった。

「そうだねー。ジェンダーだなんだって言って、最近注目集まってるからじゃない？　そんな大層な場所でも、ないのにね」

メイが半歩先を歩きながら、人を押し分けるようにして、歓楽街を進んだ。途中、何かを踏んだ感覚があり、足元を見てみたら、ボロボロになった男性用の革靴が落ちていた。もう片方がどこにあるのか周りを見回してみたが、案の定見つからず、踏んだ靴もまたすぐに人混みで見えなくなった。

「いらっしゃいませ」と、言ったのかどうか。言葉が崩れすぎて原型がわからなくなるほど勢いだけで叫ぶ店員がいる店に、足を踏み入れる。メイが連れてきた店は、どちらかと言えば下町に古くからありそうな大衆居酒屋だった。店内はラッシュ時の通勤電車のように混雑していて、通された席も、隣のテーブルとの間隔は人ひとり通るのがやっとといったところだった。

メイはメニューをほとんど見ずに、生ビールを二つとモツ煮、揚げ出し豆腐を注文した。店員と楽しそうにやりとりする姿が新鮮に映って、ナツメはメイの表情をじっと観察した。

「ありのままの自分をさらけ出して、堂々と生きてけばいいじゃん」「権利は主張すべきだ」

「生きているって声を上げていかなきゃ」

隣のテーブルの声が、自分に向けられているのではないかと思うほど近くから聞こえる。隣だけじゃない。店全体が、赤黒い熱を放っていた。

確かにここは、インターネットみたいな場所だ。こうして前向きに、自分たちの居場所を勝ち取ろうとする人もいる。でもその一方で、私のようにただ放っておいてほしいと思いながら、そのことを声に出せずにいる人もきっといる。

そう、放っておいてほしい。それがナツメの本音だった。自分たちの存在が誰かに知られるほど、面白半分で傷つけてくる人も増えてくる。多くの、いわゆる「普通」の異性愛者からは遠く異質な存在だと思われていた方が、よっぽど平穏に生きられる。自分は一生、自分のことを隠して生きていこうと思っているのに、「オープンに生きよう」という声が大きくなるたび、自分のところにも光が当たってしまいそうで、それが何よりも怖い。

権利を主張するのはいい。その人たちが生きやすい世の中になればいいとも思う。でもナツメは、その活動がマイノリティ全員の声だと思われるのだけは、違和感があった。

「やっぱりこういう場所、疲れるな」

ビールは三杯目に突入していた。ナツメは本音をそのまま、モツ煮を掬《すく》いながら言った。

「ねえナツメ？　そんなにつまんなそうな顔されると、さすがに私も悲しいよ？」

メイは、グラスを優しく置きながら答えた。

「ごめん。でも、なんだろう。私は、こういう空気がダメみたい」

「こういう空気って、どういう空気？」

「んん、なんだろう。オープンでいいよ、ありのままで生きようよ、みたいなやつ？」

「そうかなあ。あるかなあ、そんな空気」

あるよ。充満してるよ。と、思いながら、言葉ではうまく言えない。

もっとみんな怒るべきだ。

弱者のままでいようとするな。

尊厳を取り戻せ。

そういった、強さを求める言葉が、どこからともなく、聞こえてくる気がする。

隣のテーブルは女性が三名座っているけれど、その人たちは外見が女性なだけで、実際はどちらなのか、それともどちらでもないのか、一目見た限りではわからない。この世界には男か女に擬態して生きている人がたくさん隠れている。

そんな秘密だらけの世界で、ありのまま？　自分らしく？

求めるゴールは月よりも高く、どこまでも高尚だ。ナツメは見上げる自分を想像しただけで、立ちくらみを起こしそうだった。

〈美人マネージャーが告発！　宮部あきら、セクハラ・パワハラの実態〉

あの記事のタイトルが、また頭に浮かぶ。

いい加減忘れたいと、頭を振ったその時だった。

「あれ、メイじゃん！」

突然、野太い声が聞こえて、ナツメは我に返った。

振り向くと、知らない男が二人、目の前に立っている。一人は灰色のパーカーで、もう一人は紺色のスーツ姿だった。パーカーの男は折れそうなくらい細い体つきをしていて、スーツ姿の男は、二の腕の太さがメイの腰ぐらいありそうだった。二人が立っているとそれだけで店内はさらに狭くなったように思えた。足して二で割ったらちょうどいいのにと、ナツメは思った。

「えー！　久しぶりー！」

メイが叫ぶような声を出した。二人とメイが友達であることがわかると、ナツメは自分の足下が急に崩れていくような、不安定な感覚に陥った。

「もしかしてナツメさんですか？」

「え、あ、はい」

「うわー光栄です！　よく聞いてますよ、メイちゃんから！」パーカーの方の男が、芸能人でも見るかのように、ナツメをまじまじと見つめた。スーツはパーカーのことを見ていて、その眼差しから、なんとなくこの二人は付き合っているのだろうと、ナツメは予想した。

「三人は、お友達なんですか？」

「あ、そうですそうです。あれ、メイ、俺たちのことナツメさんには話してないの？」

メイはもちろん話したという顔をして、ナツメはとっさに繕う。

「あ！　思い出した。よく飲んでるってメイが言ってました」本当は何も思い出せない。メイは八丁目で起きた出来事をよく話してくれたが、イマイチ興味が持てず、聞いたフリをしてばかりだった。

「俺もナツメさんに会ってみたかったんです。噂どおり、本当に綺麗ですね」

噂どおり。メイは私の何を話しているのだろうと、ナツメは勘ぐった。立っていた二人は自然と残っていた二つの席に座って、かなり窮屈な中、四人で話が続いた。

実際は、ナツメを除いた三人で、だ。

二人でいる時には決して見せないような、とびきりの笑顔でいるメイを見ていると、ナツメは心の拠り所にしていたものがスポッと抜けてどこかに行ってしまったかのような、心細さに襲われた。自分といる時よりもずっと、この場にいる八丁目の人たちと遊んでいる方が楽しそうに見えた。そう思うと、自分がメイの足かせになっているようにしか思えなくて、心に棘《とげ》が刺さったまま、抜けなくなった。

「ごめん、私そろそろ帰るね」

ナツメは、さりげなく荷物をまとめてから言った。

「え、どしたの？」

「仕事、思い出しちゃって！　先帰ってるから、メイはゆっくりしてってって」

あの日。

あの日に自分が、もう少し頑張って、メイの友人たちと打ち解ける努力をしていたら。メイの気持ちに寄り添って、もう少し理解を示すことができていたら。そしたら今は、少しは変わっていたのだろうか。自分で居場所を作れないナツメは、存在自体が居場所のようなメイに、どのような距離感で接すればいいのか、わからなくなっていた。

仕事を終えて家に帰ると、またテレビがついていた。今朝からずっと時が止まっていたみたいに、画面の中はあいかわらず宮部あきらに関するニュースを流している。

――宮部と同棲していた被害者はフリーターで、宮部のハラスメントでの騒動があった直後から、付き合っていたみたいですよ。

――よくもまあ、そんな野獣と暮らそうと思いますよね。

話の内容すら、今朝と変わっていない。どうして同じものを延々と流し続けるのだろうか。

その方が視聴率が取れるからか。数字のためなら本当に何でもやるのか。帰宅早々に苛々してきて、ナツメは自分が疲れていることを自覚した。チャンネルを換えたくても、その権利はメイだけが持っている。我慢して見続けるしかなかった。

「宮部あきらはさあ」

おかえり、の一言もなく、メイは話し始めた。ナツメは、挨拶のなくなった関係に嘆くよりも先に、その後の台詞に震えた。

「あの男は、本当にクソだと思うんだけど、でもさ？」

「でも」その否定を示す言葉に、傷つけられてきたなと、ナツメは思う。

「殺されちゃった恋人もさ、あ、あと。三年前に告発したマネージャーもさ」

メイ。お願い。それ以上は言わないで。

「きっとどっかに、被害者になる原因があったと思っちゃうんだよねえ」

うるさいくらいに聞こえていたテレビの音と、キッチンの壊れた換気扇の音が、突然全て聞こえなくなった。ソファに座っていたメイが、ナツメの顔を見上げた。

「いや、百パー悪いのは、宮部あきらだよ。本当最低、こいつは。こういうやつが弱者を苦しめてるに決まってる。でも、八丁目の人たちと話してたらさあ、なんていうか、被害者ももうちょっと、被害者意識から抜け出せたらね、好転することもあるんじゃないかなーって、昨日そんなこと思っちゃったんだよね」

最悪だった。

いつも意識高く、弱者の権利だとか、人権の尊重だとか言っていた人たちが、被害者の自己責任論を語りだす。時代の最先端みたいな顔しておいて、結局誰も救うつもりがない。立ち上がれとか、ニコニコすんな怒れとか言っておいて、瀕死《ひんし》の人間を戦場に送り込もうとしてるのは、アンタじゃないか。

「あのさ、ずっと言ってなかったことがあるんだけど」

「ん、何?」間抜けな声だった。何も知らない声。だったら教えてあげる。何もかもを。

「宮部あきらのマネージャーって、私のことなんだよ」

冗談に聞こえるだろうか。そう思われたらそれこそ悲しくて、できるだけ声のトーンを抑えた。メイの瞳は、凍ってしまったかのように、見開いたまま動かなくなった。一瞬のことだったが、ナツメはそれを見逃さなかった。

「言ってなかった私が悪いからさ、さっきの発言、私を責めてるつもりがないのもわかるよ。だから大丈夫。大丈夫だけど、やっぱり私、もう無理だな。一緒に暮らしたくないって、今、すっごい思っちゃった。メイもさ、鈍感だよね。私の気持ちとかさ、なんも考えたことなかったでしょ? 私だけじゃないよ。たぶん、いろんな人をそうやって、傷つけてるんじゃない? 自分が楽しいことはみんなが楽しいって、本気でそう思ってるから、八丁目とかでもさ、愛想振りまいて、いろんな人たちの人気者、やってこれたんじゃない? メイから優しくされたら、皆悪い気しないもんね。メイのことを悪く言ったら仲間外れにされちゃうからって、きっと皆、ニコニコ笑っててくれたんだろうね。だから気付けないんだよ、自分が人を傷つけてるってさ」

話しながら、この部屋に越してきた日のことを思い出す。二人で暮らす物件を探していたらたまたま見つかった、明らかにファミリー向けの古い二階建ての一軒家。内装は好きにいじっていいよと大家に言われると、メイは張り切っていろんな友達を連れてきては、リフォームを手伝わせた。そのおかげで、広くて暮らしやすい新居が出来上がったのだ。この家は、メイがいなきゃ暮らせなかった。

「そもそも私たちはさ、外見がたまたま『女性』で同じだっただけで、それ以外は何一つとして、同じものなんてなかったじゃんね。『LGBT』だとか『LGBTQIA+』だとか、どうにか言葉を作って私たちをまとめようとするけど、じゃあ日本と韓国と中国を『アジア』でまとめて、『みんな一緒の扱いですよ、それでいいですよね』とか言われて嬉しくなるのかよってさ。私はメイとは全然違う。どんな性別であっても愛することができて、どんな性別からも器用に愛されるあなたが、私と同じワケがない。本当に羨ましいし、憎いよ。嫉妬してる自分も嫌いになる。愛される自信があるからこそ軽率で、どんどん土足で人の心に踏み込んでこようとするあなたが、本当に憎くて、嫌い」

言葉は心を研磨して、より尖った言葉を連れてきてしまう。ケトルの湯が沸いて、ポコポコと間抜けな音だけが、やけに響いて聞こえた。

「宮部さんのハラスメントを告発したマネージャーってだけで、本当にたくさんの人が私に散々なことを言ってきたよ。悲劇のヒロインぶってんなって、何度も何度も何度も言われた。だからもっと強くなろうって決めて、一からやり直すつもりでこの街に引っ越してきて、過去を隠してメイに会って、必死に働いて、生きてきたの。それなのに、あれから三年もたったのにどうしてまた、私はあの過去に縛られて生きなきゃいけないの？　この気持ちなんか、メイにはこれっぽっちもわからないでしょ？　ずるいよ、本当に」

　メイの瞳は、逃げることなくナツメを捉えていた。正面からじっと見つめてくることすら、どこか暴力的だとナツメは思った。

「ナツメだって、私のこと、やっぱり全然わかってないじゃん」

　ようやく目を逸らしたかと思うと、メイは顔を伏せ気味に言った。拗《す》ねた子供のようだった。

「どんな性別からも愛されて、どんな性別であっても愛せる？　それが羨ましい？　何それ。馬鹿みたい。人のことビッチみたいな言い方してさ。私がいつ、多くの人に愛されたの？　私がどんな想いで、あなたに告白したと思ったの？　今だってナツメは、私が軽率な人間で、土足で人の心に踏み込んでギャーギャー騒ぐだけだって、そう思ってるじゃん。器用に生きてそうって、勝手に線引きして、私を一人にさせてるじゃん！」

　メイはフローリングを両足で蹴ってドタドタと鳴らした。大きな音が響いて、そのあとは、メイの荒い呼吸音だけがナツメの耳に残った。窓を見るといつの間にか雪が降っていて、真っ黒な空に白い斑点《はんてん》が浮かんでいるように見えた。

「宮部あきらのマネージャーだったってことも、散々SNSで叩かれてきたってことも、なんにも知らないよ。なんっにも。私たちずっと一緒にいたのに、なんにも教えてくれなかったじゃん。私のことだって、ナツメは知ろうとしてくれないし、そんなのおかしくない？　私たち、同じ家に何年も住んでるのに、お互いのことなんにも知らないんだよ？　それなのにもう、勝手に終わらせようとする空気作ってさ、酷いよそれは。私、ナツメのこと何も知らないくせに、すっかりナツメの色に染められて、他の人なんか考えられなくなって、そこから変われないんだよ？　それを強制的に終わらせようとしてさ、ずるいのはそっちじゃん。勝手に過去にしようとしないでよ？　私がナツメのことを知るチャンスも、ナツメが私に興味持ってくれるチャンスも、今日まで全然くれなかったじゃん！」

　メイがベランダに植えたチューリップが、激しく揺れていた。数分にして、外は吹雪に変わったようだった。

「八丁目に連れてった日くらいからかな、ナツメが私に、さらに心を開かなくなったのって。本当は行きたくなかったのに、頑張ってついてきてくれたんだなってわかって、申し訳なかったなって思う。強引に心開かせようとしたのも、悪かったなって、あの時すぐ謝ればよかった。でもね、ごめん、今だから言うね。あの時、ナツメさ、後から来た男の人二人のこと、ゲイカップルだって思ったでしょ？　それ間違いだからね。あの人たちはただの友達同士で、ノンケなの。八丁目だからって偏見持ってるんだろうなって、そこに私も、カチンってきてたんだ。だから謝れなかったんだ。ごめんね」

雪は、どんどん強くなって、赤色のチューリップは、白く姿を変えていた。ナツメは、どんどん変わってしまう景色を見ながら、自分はどこまで変われるだろうかと、考えていた。

「ねえナツメ、恋人に全てを晒すのって、そんなに難しい？　好きだってどれだけ伝えても、不安？　私にはそれが、ナツメのわがままに思えるよ、もはや」

メイはティッシュを三枚、四枚と続けて抜くと、一息に鼻をかんだ。そのまま涙を拭いて、再度、ナツメに向き合った。

「私、バカだからさ？　いろんなことがわかんないんだ。ナツメみたく、きちんと社会に出れたわけじゃないし。ねえ、もう、この関係って終わりなのかな？　やり直せるチャンスとかって、ないのかな？」すぐにまた、メイの身体中の水分が、涙となり鼻水となり、出ていくようだった。ほとんど聞き取れなくなりそうな声を、どうにか絞り出してメイは続けた。

「ごめんね、本当ごめん。強く言ってごめん。今まで何も聞かなくてごめん。言ってこなくてごめん。もう本当に、いろいろごめん。でも、ごめんね。別れるって、言わないでほしいよ」

二人が最初に感じていた運命的な煌《きら》めきは、徐々に綻《ほころ》びを見せて、色を失くしていく。鮮度を失うと、醜いところばかりが目についていく。それを綺麗だと思えなくなった二人は、枯れ落ちた花弁のように、二度と元には戻れない。

色彩を奪われたチューリップが、窓の向こうで肩身を寄せ合って、震えながら揺れていた。

ナツメはその光景を見て、花屋で働くメイの姿を思い出した。

「白いチューリップの花言葉はね、『失われた愛』なんです」

私はその言葉を一生忘れることができないだろうと、降り積もる雪を見つめながら、ナツメは思った。

11. 夜光虫

康介に名前を呼ばれるまで、自分がどこにいるのか、何をしていたのか、わからなかった。匂い、音、光、熱、渇き。一斉に五感が機能を取り戻し、ここがステージの上だと気付く。ブルーガール史上最大規模のライブ。フロアは最後尾まで隙間が見えず、汗だくになった観客の顔で埋め尽くされている。

「次、『City』だよ！　オイ！　早く！」

康介が、マイクに拾われない程度の声で催促している。メンバーが全員、おれを見ていた。いや、ＰＡも、照明も、二千を超える観客も、全員が、おれを見ている。

演奏だ。まずは、演奏しなきゃ。全ては、このライブを終えてから、考えるんだ。

おれはピックを握り直して、六本の弦に向けて、腕を勢いよく振り下ろした。瞬間、電気信号がいくつものエフェクターのトンネルを抜けて、アンプに吸い込まれる。左右の巨大なスピーカー。ライブハウス全体が軋《きし》んで、悲鳴のような音を上げた。康介のギターがすかさずそれに絡みつく。俊彦のベースと玄也のドラムが次のタイミングを窺う。一拍のブレイク。直後、おれたちは身を投げるように、同時にスティックとピックを振り下ろした。

おれは今、殺人者と作った曲を演奏している。

＊

凜ちゃんの死は、ライブ前日にＳＮＳで知った。

自分だけ先に親御さんから知らせてもらったりとか、警察から連絡が来たりとか、そういう展開は全くなかった。そもそも凜ちゃんはおれと出逢う前から親と絶縁状態にあったみたいだし、警察も、単なる元恋人に連絡するほど暇じゃないんだと思った。

おれはどこかで、自分は凜ちゃんにとって特別な存在なんだって、勝手に思っていた。死ぬ間際に留守番電話にメッセージを残してくれたりとか、病院に運ばれている最中に救急隊員におれの連絡先を伝えていたりとか、そのくらいは、他の大勢とは違う、特別な人として扱ってもらえるんだと自惚れていた。

実際は、そんなことはなかった。ふつうに、凜ちゃんがこれまで寝てきた男たちと同じタイミングで、訃報を知った。特別でもなんでもなかった。そのことが身に染みてわかってくると、なんだかめちゃくちゃダサくて、泣きたくなった。勝手に勘違いしてんじゃねーぞって、凜ちゃんに天国から唾を吐かれた気分だった。

きっと凜ちゃんは、おれの家を出た瞬間に気持ちを切り替えて、前を向いていたんだ。携帯に入っていたおれとのやりとりなんか、すぐに消去して、気持ち良くなっていたんだろう。未練を抱いていたのはフッたはずのおれだけで、凛ちゃんはすぐに、立ち直っていたんだ。

おれは勝手に、凛ちゃんは別れた後でも、ブルーガールの音楽をひっそりと聴いてくれているんじゃないかと思っていた。だから凛ちゃんとの思い出をひっそり歌詞にして、いくつかのラブソングを作った。凛ちゃんがどこかでその曲を聴いて、おれのことを思い出してくれたらいいって思ってた。でもきっと、それらも全く聴いていないかもしれない。もしくは、聴いたところで「くだらねえ」って思ってたのかもしれない。

そう考えると、これまでアホほど自惚れていた自分が、救いようもないほどダサくて、また泣きたくなってきた。本当は凛ちゃんの死自体に泣きたいのに、自分のことでばかり泣きそうになるのがまたダサくて、耐えられなかった。おれは凛ちゃんのことなんてこれっぽっちもわかっていなかったんだって、後悔ばかりが蝕んできていた。

「なあ、ニュース見たか……？」

最初に連絡をくれたのは康介だった。

「音色、大丈夫？」

次が俊彦。

「ライブが終わったら話そう」

最後が玄也。

凛ちゃんの死が判明した直後、メンバーがこうして慰めてくれるのは嬉しかった。嬉しかったけれど、こういう時に本当に慰めてほしい相手こそが、凛ちゃんだった。

あの時、おれが凛ちゃんを部屋から追い出さなければ、彼女は今も、生きていたんだろうか？　それとも、おれではどうにもできないくらい大きな運命の歯車があって、いずれにしたって凛ちゃんは、宮部さんに殺されていたのだろうか？

殺した人も、殺された人も、自分のよく知っている人だった。

そんなことが、人生で一度でも起き得るのだろうか。これは何かの夢で、もしくは盛大なドッキリで、本当は二人とも、元気でいるんじゃないか。とにかく実感が湧かず、おれはそんなことを考えていた。そもそも、どうしておれと別れた後、凛ちゃんは宮部さんと一緒にいたのだろうか。「二人は一緒に暮らしていた」とキャスターが読み上げるたび、あの二人が一緒に暮らしているイメージがどうにも浮かばず、おれは強烈な違和感を覚えた。凛ちゃんは宮部作品をそんなに好きじゃないと、確かに言っていた。おれが宮部さんの作るものに傾倒し過ぎていて、そのことを心配していたくらいだ。だからあの二人が一緒に暮らしているイメージなんて、これっぽっちも湧かなかった。二人と話したことのある玄也たちも、どうしてその二人が、と、疑問に感じていた。

もしかすると、あの二人は、一緒に暮らしてなんかいなかったんじゃないか。

宮部さんは、おれへの嫌がらせがしたくて、凛ちゃんを監禁していたとか。そして、反抗して逃げようとした凛ちゃんを取り押さえようとして、殺してしまった？

二人のこれまでの言動を考えると、その方がよっぽど辻褄《つじつま》が合う気がした。まだ推測の域を出ないのに、今度は怒りが湧いてきた。なんで宮部さんは、そこまでして、おれから大切なものを奪いたかったのか。

——これ以上調子乗らないといいなーって、本当は思ってます。ははは。

前にファミレスで聞いた宮部さんの声が、突然体の内側から再生された。

憎かった。許せなかった。どこまでも怒りは湧いてきた。

でもその感情の輪郭が、おれにはうまく捉えられなかった。凛ちゃんが死んだことはハッキリとイメージできる。ただただ喪失感に襲われて、何も考えられない、一ミリも動きたくない時間ばかりが訪れた。

でも、宮部さんが殺した、という事実。それだけは、なかなかうまく飲み込めなかった。人を殺す？　そんなことを本当にしたのか？　あの、宮部あきらが？

すでに留置場に入っているであろう男の姿を想像してみる。でも、それをイメージしようとすると、どうしても中央街のおでん屋で笑う宮部さんが、先に浮かんできてしまう。自分が尊敬していた人。憧れていた人。


おれたちブルーガールは、宮部さんと作った『City』をリリースした後も、歩みを止めることなく曲を作り続けた。三年前の初ワンマンライブの後は充電期間を設けようという話も出たが、運良く大手レコード会社との契約が決まると、そこからは大規模なタイアップに恵まれた。メディア露出も増えていく中で、かつてない頻度で新曲のリリースが続く。いつの間にか、メンバー全員が危惧《きぐ》していた「一発屋で終わる」という段階からは抜け出ることができていた。

国内最大級のライブハウスでの、ツアーファイナル。

バンドマンとして目指していた一つの大きな目標に向かう前日に、元恋人の訃報が流れた。レコード会社に連絡を入れてみたけれど、ライブを中止するなんて選択肢はもちろん存在していなかった。

「たくさんのファンを抱えるようになった今、メンバーの身内の不幸でいちいち立ち止まっている状況にはないんだよね。『元』恋人なんでしょ？　今のじゃなくて、良かったじゃない。もう音色くんが気にする相手じゃないってことだよ。あ、ちなみに今って、彼女いるの？　そういうの、禁止するつもりはないけどさ、大事な時期だから気をつけてね」

親身になったフリをするマネージャーを、許したくないと思った。おれは、バンド人生最大の喜びと、自分の人生最大の喪失を同時に味わいながら、ステージに上がった。

収容人数二千七百人。紛れもなく、ブルーガール史上最大規模のライブだった。

数年前まで観客ゼロだったおれたちが、かつてない大人数を前に、勢いに乗った演奏ができている。それ自体が壮大な夢の中にいるみたいだし、奇跡だと思えた。それなのに頭の中には、東代田の小さなライブハウスでおれたちの出番が来る直前に去っていった、凛ちゃんの後ろ姿が浮かんでいた。

メンバーの表情を見る。緊張感より高揚感が優っているようだった。バンドとして箔《はく》がついてきたのだと、実感する。その一方でおれは、演奏に夢中になって頭が空っぽになる時と、ふと我に返って凛ちゃんのことで頭がいっぱいになる時、それらが交互に訪れるからイマイチ集中力に欠けていた。明らかに、他のメンバーにおぶってもらっている。

唯一満足いったのが『City』で、おれはこの理不尽な現実に向けて、あらゆる憎しみをぶつけるように演奏して、歌った。それがメンバーにも一音ごとに広がって、やがて会場中のあちこちで、モッシュやダイブが起きるようになった。そんな光景を見たのは初めてだった。

公演が終わって、楽屋から荷物が運び出されていく。玄也たちは先に缶ビールを開けていて、ライブで失った水分を全てアルコールで取り返そうとしていた。

「おれ、今日まで続けてきて、良かったなあ」

俊彦が感慨深そうに言う。その隣で、康介はいつの間に頼んだのか、やけにデカいピザを口に運んでいた。玄也はアルコールとニコチンを交互に摂取し続け、疲労を忘れようとしているようだった。

おれは、確実に喪失した何かと、目の前に広がる成功の間で揺れる天秤《てんびん》を、ただぼんやり見ていた。

その日から、何かに取り憑かれたみたいに、ぱったりと眠れなくなった。

部屋を真っ暗にして、強く目を瞑っていても、カーテンの隙間から漏れてくる月明かりが気になった。真っ黒のガムテープでその隙間を埋めて寝てみたが、それでもなお、自分の両眼が夜光虫のように光っているのではと思うほど、心に夜が訪れなかった。

凜ちゃんが出て行ってから今日まで、変わらず同じ部屋に住んでいる。それが良くないと、予想はついた。ふとした瞬間に凜ちゃんが脱衣所から出てきそうな気がするし、布団に潜り込んできてくれそうな気がした。

おれに取り憑いている霊の正体は凛ちゃんだ。と可笑《おか》しく思いたかったが、そもそも凛ちゃんは別れてから一度も連絡をしてこなかったわけで、たとえ成仏できずに化けたとしても、この部屋に帰ってきてくれる可能性はかなり低いだろうとまた落ち込んだ。

部屋を見回すと、別れてから三年も経っているのに、まだ凛ちゃんの気配が残っている気がする。二人で暮らしていた頃は、まだおれもバイトをしていて、お互いに時間の融通がきいた時だけ外食に出かけたり、散歩に出かけたりしていた。家の近くに安い焼肉屋ができて、一人じゃ行きにくいからと凛ちゃんと初めて二人で行ったら、ずっと輪ゴムを食べさせられているような不味い肉しか出てこなくて、笑いながら二人で帰った。途中、凛ちゃんは急に嘔吐して、消化できていなかった肉がたくさん道に落ちて、それを見てまた笑ってる凛ちゃんが、もはやたくましく見えた。そのエピソードは一部分だけ曲の歌詞にもしたけれど、さり気なかったから、凛ちゃんはわからなかったかもしれない。

たいして貯金もないのにスタジオばかり入るからいつも貧乏で、何度か凛ちゃんに金を借りたし、光熱費に関しては結局最後の半年間、凛ちゃんに払ってもらっていた。申し訳ないことをした。今更返せるものでもないが、謝れるなら謝りたかった。

凛ちゃんはおれよりも頻繁にバイトが入っていたし、あのスーパーはこの辺りでは時給がやけに高かった。それに甘えていたおれは本当に酷くて情けなかった。情けないけれど当時のおれはもう音楽に没頭したくてしょうがなくて、凛ちゃんといると、一生売れないんじゃないか、何も達成できずに未練を抱えたままサラリーマンになっちゃうんじゃないかって、そんな意地汚い不安ばかり渦巻いてしまっていた。

　思い出すのはそんな不甲斐ないシーンばかりで、あとは凛ちゃんと、この部屋の至るところでセックスをした記憶しかない。凛ちゃんはおれの好みの下着がどんなものか知ると、似たようなやつをたくさん買って身に付けるようになって、毎日おれを勃起させた。体の相性がとびきり良いとも思えなかったけど、何度も求めてくれるのは、それだけで生きることを肯定されている気がして、嬉しかった。

　それなのに彼女が部屋を出ていく二カ月くらい前からは、そんな凛ちゃんの期待がずっしりと水を含んだバスタオルみたく重くなっていて、音楽を理由に抱くのを拒否し続けたのだった。やめなければよかった。もう凛ちゃんを抱けないのだと思うと、無性にあの体が恋しくなった。匂いを嗅ぎたい。思い切り触りたい。笑顔が見たい。そんなことを考えているうちに朝が来てしまって、一人だけ昨日に取り残されたまま、やるせなさを枕にして横になっていた。

「ちょっとは休んでも、いいんじゃないすか」

　しばらくブルーガールの活動を休むことになったのは、俊彦から提案があったからだった。いくつかのタイアップ曲を含めたセカンドアルバムを発売する。その企画の目処がたった日のことだ。レコード会社は、とにかく旬を求めた。「今が一番勢いのある時だから」「今を逃したらここが限界になるから」大人の事情が絡んだ熱量に引き気味になっていたところに、俊彦が釘を刺した。ブルーガールはリーダーが存在していないけど、バンド方針は大体、おれと玄也が決めることが多かったから、俊彦が提案してきたことに驚いた。

「アルバムにするなら、あと五曲くらいは必要ですよね？　音色、ちょっと限界ですし、これからレコーディング期間に入りますって言って、一ヵ月くらい、休ませてやりましょうよ。ちょっと飢餓感煽《あお》った方が、ファンも食いつきますって」

スケジュールを一ヵ月遅らせる。新人が偉そうに提案したことにレコード会社の人はかなり怒っていたけれど、実際、おれが疲れ果てた顔を見せていたのは事実で、なんだか面倒くさくなって土下座して「お願いします」と言ったら、すぐに休みをもらえることになった。

そうしてブルーガールは、ひっそりと一ヵ月の充電期間に入った。

曲を作れとも言われず、たまに事務連絡だけが入る日々は、ますます虚無を生んで、結果的におれは、さらに病んだ。不眠は治まるどころか酷くなるばかりで、心療内科からいくつか薬を処方されるようになった。さっさと引っ越せば少しはラクになるかと思ったけれど、凜ちゃんがここに戻ってくる可能性は間違いなくゼロなのに、それでも凜ちゃんの面影を抱きしめていたくなり、行動に移せないのだった。

人は、失ってから大切さに気付いて、そのあとはすぐに忘れる生き物だ。きっと凜ちゃんの存在も、いずれみんな忘れてしまう。だとしたら彼女を覚えている最後の人間が、せめて自分であるべきだと感じた。凜ちゃんはおれのことをもうどうでもよく思っていたかもしれないけれど、でもおれだけが知っている凜ちゃんがきっといるはずだから、引っ越さずにここにいようと決めた。

強い雨風が数日吹き続けて、その風が止む頃に春が訪れた。咲いたばかりの桜は、風に舞って地面を淡いピンク色に変えた。桜は一週間とかで散ってしまうからこそ、人に愛され、覚えてもらえる。短命だからこそ美しい、みたいな、線香花火とかと似たような文脈のそれが、なんだか卑怯《ひきょう》なようにも思えた。バンドや人間だって同じだ。全盛期で解散したり、絶頂期でメンバーが死ぬと伝説になれるけど、その伝説は、「できたら生きていてほしかった」という未練から生まれているはずだ。本当は続きが見たかった。どれだけみすぼらしく、だらしのない姿になったとしても、散らずにそこにいてほしかった。

そんなことを思いながら、病院で処方された薬を持って帰り道を歩いていたら、不思議な出逢いをした。とくに目立った建物もない住宅街で、すれ違ったばかりの男に、突然声をかけられた。最初は、道に迷ったと相談されるか、もしくは宗教の勧誘か何かだと思った。おれはキャップを被っているとそれだけで「岡本音色」とは気付かれにくくなるらしいから、自分のファンの可能性は低いと思った。でも、男はおれの名前を呼んだ。

「すみません、ブルーガールの、岡本さんですか？」

声のトーンからして、ファンではないとすぐに気付いた。ファンならもう少しテンション高く声を掛けてくるからだ。男の声は、どちらかといえば怯《おび》えているように思えた。ファンではないなら、どうして自分にわざわざ声を掛けようと思ったのか。

彼と正面から向き合ったとき、なぜだろうか、おれは、凜ちゃんを初めて見たときと同じ感覚を覚えた。

この人と、このまますれ違っちゃいけない。

誰かにそう言われた気がした。桜並木は緑色の葉をつけて、嬉しそうに揺れていた。大学生くらいだろうか。彼は、松田英治ですと言って、頭を下げた。

「凜さんの話がしたいんです。僕の知らない凜さんと、岡本さんの知らない凜さんの話です」

その言葉の真意は、よくわからなかった。でもおれは、松田英治と話すことで、凜ちゃんがどんな人生を送っていたのか、それをもう少し知れそうな気がした。

立ち話もなんだから、と言ったものの、知らない男と二人でカフェに入るのも違和感があって、たまたま視界に入った公園で、缶コーヒーだけ買ってベンチに座った。公園は、ちょっと昔までは遊具がいっぱいあったのだろうか。あまりにがらんとしていて、真ん中にポツンと置かれた小さな滑り台が、むしろ浮いて見えた。子供たちが遊んでいたら、一人、二人と怪我をして、遊具が危ないんじゃないかとクレームがついたのだろうか。柵代わりになっている植木に囲まれるように作られた入り口には、注意書きの大きな看板がかかっている。ボール遊び禁止、花火禁止、ペット禁止、大声禁止、とにかく近隣の皆さんの迷惑になる行為禁止。もうこの公園は、見ず知らずの男とコーヒーを片手にベンチで話すことくらいしか許されない場所のように思えた。

松田英治は、すみません、すみませんと、ことある度に謝りながら、コーヒーのプルタブを開けた。

「凜ちゃんと、繋がりがあるんですか？」

おれが尋ねてみると、いや、どう言えばいいのか、と言いながら、松田英治はまっすぐ生えた自分の前髪を撫でた。つかみどころのない、幽霊みたいな人だと思った。

「僕、凜さんに助けられていたんです」目線は缶コーヒーのプルタブに向いたまま、松田英治は言った。

「僕、母子家庭で育ったんですけど、数年前から母がよく家に男を連れ込むようになって。そういうの、普通に考えて気持ち悪いじゃないですか。なんていうか、母親が、女になる瞬間っていうか。なんだか裏切られたような気がしちゃって、僕、家に帰るのが嫌になってたんです」

また風が吹いて、桜の花びらがどこからともなく降ってきた。近くに木でもあるのかと振り向くと、隣の民家の塀を越えて、飛んできたようだった。

「家に来る男は、日付が変わる頃には帰っていくんです。あれはたぶん、家庭があるからなんでしょうね。家族に怪しまれないように、終電前には必ず母のもとを去るんです。だから僕は、男と鉢合わせしないように、夜まで家に帰らないようにしていました」

「それで？」家に帰れない間に、凜ちゃんに会った、という話だろうか。

「家に帰れない間に、凜さんに会ったんです」

あまりに簡単に正解すると、リアクションも取りづらい。おれは「そっか」とだけ言って、続きを待った。公園には相変わらず、おれたち以外に誰もいなかった。

「凜さんとは、ここから一番近くにある駅のホームで、偶然会いました。初めて会った日、どちらもなかなか電車に乗らなくて。五つくらい見送ったと思います。あの駅は各駅停車しか停まらないし、そんなことってなかなかないじゃないですか。それに、なんだか凜さんは、酷くやつれているように見えました。なんか、もしかしたら、僕とこの人は、同じなんじゃないかって、そう思って、声をかけたんです」

運命の人、特別な人だと、この男も凜ちゃんに対して、そんな風に思ったのだろうか。松田英治は、ずっとコーヒーのプルタブをなぞり続けている。

「岡本さんは、どこまで知っていますか？　凜さんが、同棲していた宮部あきらから暴力を受けてたのは、ご存じですよね？」

「あー、あれって、本当だったのかな」おれはまだ、二人が一緒に住んでいたことを疑っていた。凜ちゃん本人の口から聞くまで信じられなかった。つまり、真相は誰にもわからないと思っていた。

「凜さんは、音色さんと別れた後、死のうとは思わなかったけど、ひたすら虚無に襲われていたって、言ってました。そんな時期にたまたま出逢ったのが、炎上直後の宮部だったらしいです」

おれの知らない凜ちゃんの話だった。凜ちゃんを捨てたことによる罪悪感が、影を大きくした。

「凛さんが言うには、出逢った時の宮部は、死のうとしていたように見えたそうです。私たちはどっちも死の匂いがしたと、そう言ってました。それで、世間から姿を消そうとしていた宮部にくっついて、二人は三年近く、暮らしたそうです」

本当に、あの二人は、一緒にいたのか。それも、お互いを支えるために。

公園の入り口に、一組の親子が見えた。遊んでいきたいと、娘が駄々をこねているようだった。

「松田くんは、おれが、凛ちゃんと付き合ってたことも、宮部さんと仕事してたことも、知ってた？」

おれは松田英治に尋ねた。悔しいけれど、松田英治はたぶん、おれの知らない最新の凛ちゃんを知っている人だった。

「知ってました。凛さんは、岡本さんのことが本当に好きだったって言ってました。僕もそれからブルーガールを追うようになったので、今日もすぐに、岡本さんに気付けました。宮部と仕事をしていたことも、もちろん知っています」

「そうか、だから声を掛けてくれたんだ」

「すみません、本当に。岡本さんを見かけたとき、マジか！　って思いました。偶然とは思えなかったです。僕、凛さんが亡くなってから、毎日この辺りを歩いているんです。追悼《ついとう》、ってことでもないですけど、この街で、凛さんが確かに生きていたはずで、だから、なんていうんですか、凛さんが生きていたことを、最後まで忘れない人になろうと思ってたんです。そこで岡本さんに会えて、これはきっと、何かがあるんだって思いました。僕は、本当に、凛さんが殺されたことを、絶対に許したくなくて」

　松田英治は目を真っ赤に腫らしていた。その感情の動きに、おれは、嫉妬していた。最新の凛ちゃんを知っていたであろうこの男は、おれなんかよりもよっぽど傷ついているのだと、言葉が閉じる際に生まれる余韻で感じ取ってしまった。

「岡本さん、傷害致死って、どういう意味かご存じですか？　殺意はないけど、暴力を振るってたらたまたま死んじゃったってことなんですよ。するとね、わざとじゃないなら仕方ないって、急に罰が軽くなるんです。宮部は実刑十年ですが、模範囚だと、八年くらいで仮出所できちゃうんですよ。たったの八年で、この世界に戻ってこれるかもしれないんです。そんなの、ありえなくないですか？　凛さんは、一生帰ってこれないのに、たったの八年で、あいつは」

　そう言い終えるより前から、松田英治は嗚咽《おえつ》を漏らした。缶コーヒーを持つ手はブルブルと震えていた。

　おれは誰よりも凛ちゃんを思って、悲しんでいる自信があったのに、この男は、おれなんか目じゃないくらい、傷ついて、悲しんで、恨んでいるんだとわかった。たぶん、おれのことも本当は、恨んでいるんだ。凛ちゃんは岡本音色が手放さなければ生きていたはずだって、きっとそう思ってるんだ、こいつは。

「僕は、本当に許せなかったです。どうして凛さんが死ななきゃいけないのか、今でもさっぱりわからない。死ぬのは、宮部だったと思いませんか？　あいつがセクハラとかパワハラとかで、他人をめちゃくちゃに傷つけてたくせに、自分が傷ついたフリして、挙句、一番そばで助けてくれてた人を、殺したんですよ？　そんなの、絶対に許せないですよ。ノコノコと社会に出てこれる宮部とこの世界だけは許せないです。絶対に」

今にも誰かを殺《あや》めそうなほど勢いを強くしたり、断ち切れそうなほど掠れさせたり。松田英治の声は全ての感情を表すように揺れ動いた。何故だろうか。本来ならおれも同じように憤《いきどお》るべきだったのに、おれはもう、そこまで強く宮部さんに怒りの矛先を向けられなかった。凜ちゃんの手を離してしまったおれが悪いと、どこかで思っていたからだろうか。宮部さんが殺人を犯すその根本の原因が、あのＳＭ写真の流出から始まっていると思っていたからだろうか。殺したのは宮部あきらなのだから、宮部あきらが悪いに決まっている。

松田英治のようにハッキリとそう言い切れない自分が、酷く中途半端で情けなかった。公園の入り口で、親子が喧嘩している。大声で泣く娘の前で、母親は携帯を触っていた。

「凜ちゃんはさ、劇団員だったの、知ってる？」

日はいつの間にか傾いてきていて、風はさっきよりも冷たかった。冷えた空き缶を持ったま
ま、おれたちは駅へと向かっていた。駅前にコンビニくらいしかない小さな街で、よくおれたちは出逢えたなと思った。

「すごい小さな劇団だったって聞いていました。脚本も、書いていたんですよね？」

「そうそう。おれさ、凜ちゃんと付き合う前に、一回劇を見に行ったことがあったんだよ。こ

っそりね」

「そうなんですか。どうでしたか？」

「それが、三十人くらい入る小さな会場だったんだけど、お客さん、おれだけだった」

笑いながら伝えたが、松田英治はクスリともしなかった。

「それで、凜さんの演技は、どうでしたか？」

「面白かったんだけど、途中でね、凜ちゃん、混乱しちゃったみたいで。戸惑って、泣いて、ものすごい顔してさ。それで、出て行っちゃって」

「え、そうだったんですか」

「そうそう。それでね、すごい変な話なんだけど。おれ、演技よりも、そっちに心を動かされちゃったんだ。あの時の凜ちゃんに、ものすごいエネルギーを感じてさ」

今日の、君みたいに。

「それからずっと、その人のこと、探してたの。そしたら、たまたま近くのスーパーにいてさ。バイトしてたんだ、凜ちゃんが」

今日みたいな、偶然だった。

「それで、思わず声を掛けてね、いろいろあって、付き合うことになったんだ。そこからは、君も知ってるとおりだと思う。おれが凜ちゃんを追い出して、それ以後、連絡は何も取ってない」

おれはなんの話をしてるのだろう。松田英治にマウントを取りたかったのだろうか。横を見ると、彼は今日一番穏やかな表情をしていた。

「岡本さんは、ちゃんと凜さんのことが好きだったんだってわかって、良かったです」

「うん、そうね、好きだった。ほんと好きだったわ」

　言葉にしてみて、初めてわかる感情がある。おれは、凜ちゃんに直接その気持ちを伝えたことがあっただろうか。

「凜さんも、岡本さんのこと、いっぱい話してました。しょーもないって、言ってましたけど」

　そう言って、松田英治も笑った。笑うとなかなか好青年だった。凜ちゃんは、顔で男を選んでいるのかと一瞬思って、こちらも笑ってしまった。

　その後、宮部さんのことを思い出そうとして、ふと別のことが頭をよぎった。

「あのさ、マジで全然関係ないんだけど」

「はい、なんですか？」

「凜ちゃんが書いた脚本、読んでみる？」


　タクシーに知らない男と乗ると、本当に会話が続かない。とくに接点が死者にしかないおれたちの間には、ふと気を抜くとすぐにお通夜みたいな空気が流れだす。おれは普段はすぐに消してしまうタクシー広告をぼんやりと眺めて、知らない会社の知らないサービスの紹介を、知らない男と見ているこの状況を俯瞰《ふかん》して不思議な気持ちになっていた。

「凜さんって、普段どういう舞台に出ていたんですか？」

松田英治がタクシー広告を眺めたまま言った。間がもたないことを埋めようとしている質問のようにも、本当に知りたいと思っている質問のようにも思えた。

「なんか、結構フクザツな感じ。一言では表せないような作品ばかり作っててさ。あの人、普段はニコニコと穏やかそうにしているけど、内側はいっつも核融合起こしてるみたいに、ドロッドロなんだなって思ってた」

「そんなにですか？」

「うん、大体は、誰かが殺される物語だし。観ていてよくわかんないやつも多かったけど、それこそが面白さだったんだよね、今思うと」

誰にでも共感を得られるようなわかりやすいだけの作品を作るより、きちんとわかりづらさを選べる凜ちゃんは、やっぱり格好良かった。おれは自宅の前に松田英治を待たせると、凜ちゃんが書いた脚本の冊子を持って、そこに戻った。

「これ、凜ちゃんのやつ」

台本を手渡すと、松田英治はそれをまじまじと眺めた。

「もっとボロボロのが出てくると思ったら、綺麗ですね」

「公演しなかったやつらしいんだ。劇団の代表と揉めて、それを機に脚本を書くのを辞めたって。だからこれが、最後の一冊」

松田英治は、匂いでも嗅ぎ出しそうなほど、台本を顔の近くに寄せた。そのまま十秒近く動かなくなって不気味だったので、おれは彼なりの追悼のつもりなのだと思うことにした。

「それ、あげるよ。おれは、もう頭の中で再現できるほど読んだから」

そう言うと、彼は意外そうな顔をして、頭を上げた。

「いいんですか？」

「もちろん。あと、よかったら連絡先とか交換して、毎年このくらいの時期に、会わない？　おれたちだけは、凜ちゃんのことを忘れないように」

いきなり声をかけてきた見知らぬ男なんて、普段だったら一秒でも関わりたくない相手だ。でも、松田英治とこのまま二度と会わない関係になるのは、なんだか勿体《もったい》ないというか、許されない気がした。この出逢いは、凜ちゃんが用意してくれたものなんだって、そう思うほかなかった。

日はすっかり暮れていて、月は薄い雲に紛れていた。松田英治は「今夜はゆっくり眠れそうです」と言った。おれも久しぶりに、健全な眠気が襲ってきていた。

〝許せない
絶対に許せない
たとえ何年、時が過ぎても
あなたが生きている限り
私の怒りを殺しはしない〟

生まれた瞬間から消えていく不思議な感情を
生まれたてのままの姿で、
生かし続ける。

英治は自分の未来に明るい保証がなくても、
確かに生まれた怒りという有り難い感情を
諦めずに抱きしめ続けた。

そうして時は流れて、八年が経った。

朝がまた、訪れる。

12. 不思議なまんま

怒りは、時を超えられるだろうか。

松田英治は六畳のアパートの一室で、自分の感情を疑っていた。
例えば強い信念、憧れ、嫉妬。
それらはどのくらいの期間、自分の中に留めておけるのだろうか。

怒りは。
怒りはその姿を、長くは保っていられないという。
爆発と共に生まれては、
悲しみに似た色になり、
やがて時間が経てば、
急に萎んでいくようにその姿を消してしまう。

すぐに割れてしまうガラス玉のように脆い感情を
生まれたままの姿で、
生きながらえさせることはできないだろうか。

手元の小さなテーブルには、
岩崎凜が書いた演劇の台本が置かれている。
ボロボロになったその本を見つめながら、
英治は同じ台詞を口にしてみる。

13. たまゆら

十七時を告げるチャイムが聞こえて、スピーカーのボリュームを上げた。普段、宮部礼子《れいこ》はこの時間から、夕食を作り出す。夫の茂仁《しげひと》は冷蔵庫から五百ミリの缶ビールを二本取り出すと、L字のソファに腰掛けて、プルタブを開けた。夕刊を五紙、隅から隅まで読んで、夕飯までの時間を潰す。いつもと変わらない光景だ。

茂仁はビールを一日四缶飲んでいたけれど、昨年の健康診断で肝臓の数値が悪いことが指摘されると、一日二缶までに制限された。礼子は夕食の支度に取り掛かるまえに、茂仁の酒の肴《さかな》を作る。いつも買いに行くスーパーで枝豆が特売品になっていたから、大量にそれを仕入れた。ここ四日間、枝豆ばかりツマミに出てきて、茂仁は不服そうだった。今日もやはり、同じものが運ばれてきた。

新聞を広げては折りたたむ。ガサガサと乾いた音が響く。茂仁は何十年も新聞を読んでいるはずなのに、読み方がとにかく汚い。読み終わる頃にはグシャグシャになった紙面がローテーブルに散らばることになる。たびたび聞こえてくるゲップも、アルコールが食道を通った跡がしっかり見えるような気がして、耳に悪い。礼子は隣に住んでいる梶原《かじわら》の奥さんに、茂仁のゲップが聞こえるたびに気持ち悪くて叫びそうになると、愚痴っていた。梶原の奥さんも似たようなものらしくて、長く連れ添った夫婦というのは、我慢で生活を成り立たせているのだと知った。

「記事は、出てましたか」

枝豆を持ってきた、礼子の声だ。心なしか、緊張している気がする。

「いや、こっちは載っていなかった」

読み終わった方の新聞を差し出したのだろう。またガサガサと音がした。

宮部家の購読する新聞が五つに増えたのは、三ヵ月ほど前のことだ。最初は茂仁の新たな趣味として、複数の新聞の読み比べが始まっただけかと思った。茂仁はなんでも二つ以上のものを比較して、より良いものを選ぶ習慣がある。ブランデーの銘柄も、お気に入りの靴も、一日一箱と言われたタバコも、二、三買ってから一つだけに絞ってきたのだ。

この時代にインターネット回線が引かれていない家である。宮部夫妻の社会との主な接点はテレビと新聞だけになるから、それらを積極的に吟味し、摂取すること自体は、自然なことのように感じられた。しかし五紙はさすがに多かったし、紙面を読み終えるたびに「何かなかったか」と確認してくる礼子の様子は、三日も続けば異様なことに思えてきた。

何か、特定の記事を探している。それも、公開される日付がわかっておらず、公開されるかどうかも定かではない何かを。

それはつまり、傷害致死事件を犯した息子、宮部あきらの仮釈放に関する記事ではないかと、僕は予想した。

八年前、実の息子が女性を殺したというニュースが流れた際、その親というだけで宮部夫妻は数多くの誹謗中傷といやがらせを受けることになった。三百を超える無言電話、郵便受けに入れられた大量の腐った魚、虫や鳥の死骸、玄関に撒かれた真っ赤なペンキ。三週間もせずに精神を病んだ礼子を見て、茂仁は泣く泣く引っ越しを決めた。長く勤めた会社を引退し、ようやく老後の生活が始まったところだった。

宮部夫妻からすれば、息子のあきらは厄災の元凶のようなもののはずだ。それでも、宮部あきらが模範囚として仮釈放される際の身元引受人に、二人は立候補した。

それが親の宿命とでも思ったのだろう。

親だから、子だから。

そんな血の繫がり一つに固執して犯罪者である息子を支えようとするのは、ある意味、親子という関係に呪われているのだ。親は万能で、なんでも受け入れてくれるなんて、幻想である。反対に、親は万能じゃなきゃいけなくて、なんでも受け入れなきゃいけないと思い込んでいることもまた、不幸でしかない。僕は宮部夫妻を見ていると、教室の隅にあった古く汚いロッカーに閉じ込められたときのことを思い出す。閉塞感と焦り、やるせなさが常に押し寄せてくるあの感じが、二人から感じられてしまう。

二人が宮部あきらの仮釈放に関する記事を探す理由は、息子の仮釈放が世間にバレてしまわないか、不安になっているからだ。

どれだけ劣悪な凶悪犯であっても、釈放がわざわざニュースに大きく取り上げられることは少ない。どんな犯罪者であっても更生して社会復帰する際には、メディア側も人権に配慮するよう求められるし、個人情報の観点からも、報道されることはないだろう。それでも、この夫婦は新聞をチェックする。過去のトラウマから、宮部あきらの仮釈放が記事にされ、自分たちの生活が脅かされる可能性は十分にあると、思い込んでしまっている。

だから茂仁は今日も新聞を細かくチェックして、「宮部あきら」の名前がないか確認する。見つかったところで報われることのないその作業は、心労を増やすばかりのように思えた。

「今日も、大丈夫そうだ」

茂仁はため息をつきながら言った。こんなことに意味があるのだろうかと迷いを感じさせる声だった。それでもリビングに立ち込めていた緊張感は、少し和らぐ印象があった。

夫婦は、憔悴しきっていた。息子の仮釈放まであと一ヵ月となり、喜ぶどころか、日に日に怯えていくように見えた。郵便受けを開けるのが怖くなり、あらゆる窓や扉の戸締りを、何度も確認する夜が続いていた。その状況をこうして耳から聞き続けるのは、望んでやっているにしても、あまり気分の良いものではなかった。

宮部茂仁の自宅に小型の集音マイクを設置したのは、二年前のことである。

宮部あきらがいつか釈放されるとき、身元引き受け人がこの両親になることは前もって知ることができた。と、なると、宮部は両親の家に戻ってくるか、もしくは両親が用意するアパートか何かに身を潜めることが確実となる。宮部の隠れ蓑《みの》となる場所を知るためにも、早めに宮部夫妻を監視しておくのが最良と思えた。

ネットで深く調べれば、盗聴関係の機材はすぐに見つけられた。いくつか買って試して、老人なら気付かなそうなものを選んだ。他人の家に入り込みたいときは水道かガス工事の業者のフリをするのがいいと、これもネットに書いてあった。一度潜入することに成功すれば、機材の回収などもしやすいかららしい。試しに作業着だけ買って適当なことを言ってみたら、本当にすんなりと家に入れてしまった。

宮部夫妻はとても感じのいい人たちだった。突然押しかけた見ず知らずの工事業者を邪険に扱わず、真摯《しんし》に対応し、包み込むような優しさを見せてくれた。家の中は隅々まで片付いていて、一切の乱れがなかった。散らかっているはずの新聞紙も、毎回礼子が処分しているのだろう。そこには存在していなかった。

水やりを終えたばかりだろうか。広い庭の天然芝や草木はキラキラと輝いて、来客を喜んでいるようにすら見えた。いくつかの世間話もしたが、ひねくれたところが少ない、まっすぐな夫婦だと感じた。ただ、その優しさは、貧困とは縁のない家で育まれた上層階級特有の雰囲気を纏っているようにも感じられた。清廉潔白。完璧であることを望まれた家だった。それゆえ、子供の話題を振られたところで、息子なんて一人もいないように演じていることだけが、ひたすら寂しかった。

親から、いなかったことにされる。その痛みだけはわかる気がした。

固定電話が鳴った。礼子は受話器を取ると、すぐに声色を変えた。

緊張感があった。僕はスピーカーの音を少し大きくしてから、窓際に移動して、望遠鏡を覗き込んだ。宮部家のリビングが、カーテンの隙間からわずかに見える。

集音マイクにノイズが乗らない距離に借りたアパートは、それ専用と言わんばかりに、宮部家の室内が一望できる位置に窓が付いていた。夕方になるとカーテンが閉じられて中が見えなくなるが、それでも隙間から漏れる明かりなどで、なんとなく気配を察することができた。スピーカーのボリュームをさらに上げると、礼子の声がはっきり聞こえてきた。

「はい。ここことは別の場所に住ませる予定で、ええ。はい。顔はできるだけ合わせるようにします。はい。はい。申し訳ありません。はい。では、住所を。はい。言いますね」

宮部礼子は、そう言って見知らぬ住所を読み上げた。手元のPCで検索をかけると、ここから電車で二駅ほどのところだった。

「はい、そこで、はい。住ませる予定です。はい。お手数おかけします。はい。はい」

電話は切れた。内容的に、間違いなく宮部あきらの仮釈放後の扱いについて、弁護士と話していた。

PCに表示された住所を、じっと見つめる。こうしてまた一つ、準備は整った。

＊

「凜ちゃんの書いた脚本さ、妙にリアルじゃなかった？」

七年前。岡本さんは喫茶店のソファ席に腰かけるなり、そう言った。当時のブルーガールはまさに人気絶頂の最中にいて、あの岡本音色が目の前にいるのが不思議に思えるほどだった。それでも一年ぶりの再会ですぐに凜さんの話になるのは、やはり僕らの共通点は、凜さん以外に存在しないということだった。

岡本さんが指定してきた古い喫茶店は、壁にいくつもの写真が飾られていた。その被写体がグランドキャニオンだったり中央街ヒルズだったりして、アンティークばかりの内装に全く馴染まず浮いていた。

僕は岡本さんからもらった凜さんの脚本を、毎日欠かさず読み返していた。一日で全ページを読破する日もあれば、見開き二ページだけをひたすら繰り返し読み解く日もあった。漢字を全てひらがなに開きながら書き直してみたり、登場人物を一人減らした場合にどのような進行になるか試してみたりもした。頭の中で、その舞台はもう何度も公演されて、そのたび凜さんが蘇ってくれる気がした。

「凜ちゃんにああいう思考が存在していたっていうのが、もう不思議だったんだよね」

ああいう思考とは、つまり、脚本に書かれていた、人を殺すとか、復讐するとか、そういうことだと思った。

「僕もです。僕は岡本さんほど親密な関係ではなかったですけど、会ってる限りでは、ちょっと意外っていうか」

「ね。あの脚本読んでるとさ、なんていうか、こう」

　実際に、人を殺せそうな気がしてくるよね。

＊

　同い年ぐらいだろうか、膝《ひざ》よりだいぶ上の位置で途切れている短いスカートに、細い生足がにょきにょきと伸びていて、その色が真っ白で、綺麗だと思った。くるぶし丈の靴下に、靴紐がないタイプの真っ黒なスニーカー。視線を正面に戻すと、傷みきった金色の髪が、肩甲骨のあたりで微かに揺れていた。その前に並ぶのは、発色が良すぎる水色の作業着に、だぼだぼのチノパン。猫背のせいか、それとも太っているせいか、首の根元に二重、三重の大きなシワみたいなものができていて、そこから生えている毛だけ、やけに太く見えた。その前には、パーカーを着た女性、さらにその前に、ラグランシャツの男性、最前列には、白髪の老人、その先にようやく、窓口が見えた。

　行儀よく列に並ぶ人たちの他に、席に座ったままの人もいる。番号を呼ばれなかったわけだから、試験に落ちたということだろうか。すぐ横の席に腰掛けていた男は、細身のスーツを窮屈さを感じさせずに着こなして、重そうな革の鞄を横に置いていた。いかにもエリート、といった印象を受けるが、最終学歴が高校卒の僕でも受かるような試験に落ちたこの人は、かなりの屈辱を味わっているのではないか。そう思うと小気味よかった。落ちたと思われる人たちが続々と退館していく中で、そのスーツの人だけが、じっと正面を見つめて座ったままでいた。

「はい、えー、まつだ、えいじさん、でよろしいですか？」

目の前に分厚い窓があって、その中央にボッボッと小さい穴が複数空いている。その向こう側で、四角い顔をした係員が僕の名前を読み上げた。こんな小さな穴で、自分の声は向こうまで届くのだろうか。僕は少し大きめに返事をするが、向こうにはマイクが付いていて、なんだか不公平だと思った。

「次、証明写真撮りますので、五番の番号札のところでお待ちください」

一日何百人に、同じ説明をしているのだろうか。四角い顔をした男性は書類に目を向けたまま、こちらの顔も見ずに言った。指示されたとおりに動く合格者たちは、工場の生産ラインにでも乗せられているみたいだった。

無心になって長蛇の列を並んでいると、遠くから怒声が聞こえてきた。声のした方を見やると、かなり腰の曲がった男性が、女性スタッフを怒鳴りつけていた。廊下に貼り付けられた看板には、「3・視力」と書かれていた。

「今日は調子が悪いだけで、普段は大丈夫だってこっちが言ってるんですよ！」

その一声で、早くも状況が飲み込めた。あっという間に、見たくもない光景に切り替わるが、怒声は耳に直接、飛び込んでくる。

「年寄りの交通事故が増えてるからってね、お国は私たちから権利を奪っていくでしょう？　権利だよ、権利！　免許ってのは、あなたは移動していいですよっていう権利なの！　言ったでしょ？　うちは車がなかったら、どこにも行けない所に住んでんのよ。それをあなた方がね、ちょっと視力が落ちたくらいで免許をとりあげたら、老人は何処にも行くなって言ってるようなもんでしょうが！　それでいいんですかって聞いてるんですよ！」

人の怒りを公共の場で目の当たりにすると、酷く心が荒《すさ》むのは何故だろうか。聞いてしまった自分まで責められている気がしてくるからだろうか。それとも母親が男に殴られている時、目の前にいたのに助けられなかった自分を思い出すからだろうか。

写真撮影の順番は、まだ回ってこない。老人の声がどうしても届いてしまう。イヤホンがなかったかとポケットを漁ってみたが、見当たらなかった。

意識だけでも他のことに向けようと、あたりを見回す。老若男女、という言葉がそのまま当てはまる景色が、目の前に広がっている。ほぼ寝巻きのような格好の女性の隣に、一張羅を羽織る男性がいる。子連れの男の横に、龍の模様が入ったジャージを着た初老の男性が座る。普段はすれ違って終わるような人たちと、同じ試験を受ける。その光景はよくよく考えると異様だ。

証明写真を撮り、簡単な講義を受けると、無事に免許証は発行された。さっき見かけた細身のスーツのエリートは、前に並んでいた白髪のおじいさんの付添人であることがわかった。

「普通車はATに限る」

出来立ての免許証の条件欄に明記された情報を見つめる。ビールなら、生に限る。そう言われているような書き方が可笑しかった。普通車はオートマに限る。

これでほとんど、準備は整った。

*

僕が最後に岡本さんに会ったのは、三年前の冬だった。その年はかつてない暖冬で、二月なのにパーカー一枚で出かけられたのを覚えている。

真冬の隙間に暖かい日が訪れると、気分はそれだけで軽やかになる。どんな格好をしようか悩むことも楽しく、外に出て穏やかな空気を体に入れると、細胞一つ一つが喜んでいる気がした。

春の予告編みたいだったその日に、いろんな「終わり」が舞い込んだ。変わらないものなんて何ひとつないことを証明しているような日だった。

いつも岡本さんと待ち合わせしている喫茶店に向かう途中に、朝早くから開いている花屋があった。アンティーク家具で彩った内装と、置いてある花に趣《おもむ》きがあって好きだったので、毎年そこで凜さんに供える献花を買っていた。その年も、岡本さんと会うより少し早く着くようにして花屋を目指したが、まず、その店が潰れていた。閉店を知らせる張り紙には業務連絡のように「ご愛顧ありがとうございました」とだけ書かれていて、いつも見かけた女性の店主の影はどこにもなかった。五年間通った店がなくなると、別れの挨拶もできずにいなくなった人のことを思い出すようで、少し心が痛んだ。

そのまま岡本さんと待ち合わせしている喫茶店に行くと、こちらもいつもの位置に店主がいなかった。若くて無愛想な男が、退屈そうにレジの前に立っている。ワイシャツのボタンを二つ外している店員がいる店は良くないと、宮部あきらがいつかのインタビューで答えていたのを思い出した。

「あの、今日って、店主は」

「ああ、前のオーナー、亡くなられたんです」

不幸が続いた。今は私が店長をやっておりますと、男から名刺を差し出された。短い前髪は清潔感があったが、名刺を受け取る際にタバコの匂いがした。岡本さんが選んだ店なので自分が決めることではないかもしれないが、もうこの店には二度と来ない気がした。ポケットの中に入れた名刺をひっそりと二つ折りにすると、昨年と同じ席に腰を下ろした。

店内のレイアウトにも違和感があった。見回してみると、壁に飾られていたフルカラーの写真も、全て外されていた。代わりに飾られていたのがアンディ・ウォーホルのポストカードで、そんなところもまた、どうにも自分と合わないように感じた。

不運や不幸こそ、重なる時は何重にも重なるようにできている気がする。それをいよいよ思い知ったのは、岡本さんが店に入ってきてからだった。

岡本さんは例年どおり、ソファ席に腰かけるなり、僕に言った。

「あのさ、発表見た?」

「え、なんのですか?」

「あ、知らないか。いや、さっき速報出たばかりなんだけど」

ブルーガールに何かあったのだろうか。最初にそれを考えた。全盛期は多少過ぎていたとしても、ブルーガールは相変わらず大型フェスでメインステージを飾っていた。ＳＮＳミュージックと揶揄《やゆ》された時代は遠い過去となったはずだ。今でも、悩みは尽きないのだろうか。岡本さんは頬を指で掻きながら「ちょっと言いづらいんだけど」と前置きして言った。

「おれ、子供できちゃって。結婚することになったんだよ」

人は、変わる。そう思った。どれだけ固い信念を持とうが、どれだけ高い目標を掲げようが、どれだけ強い約束をしようが、人は時の流れに飲まれて、やがてたやすくその決断を手放す。誘惑に負けたり、もっと輝かしい未来が見えそうな方に、易々と乗り換えてしまう。それは岡本さんだって例外じゃないのだと、結婚報告を聞いて悟った。

人である以上は、そうあって然るべきなのだ。悲しみや喪失からも、いずれは立ち直れる。そのために時間というものが存在していると言っても過言ではないだろう。でも僕は、どこかで岡本さんと僕だけは変わらずに、ずっと一人のことを忘れずにいると思っていた。

「一年前くらいかな。音楽番組で一緒になったんだけど、意気投合して」

岡本さんは、聞いてもいないのにベラベラと結婚相手の話をした。黙っていることができないようで、それは岡本さんなりの罪悪感から来ているものなのかもしれないと予想した。

「岡本さん」

「あ、うん」

「その話は、僕にとってどうでもいいです」

「あ。うん、そうか、そうだよね。ごめん、わかってるんだけど」

「ええ。大丈夫です。でも、そういうのは、いらないです」

「うん」

「もう、それで、会うのも今回限りにしましょう」

「え、いやいやいや」

「いや、いいんです。岡本さんは、きちんと自分が幸せになる道を見つけたんですから」

「いや、でも、おれ、毎年凜ちゃんの墓参りには、来ようと思ってる」

「いや、そういうの、いいですよ。いらないです。ちゃんと、現実と向き合ってください」

それ以上、どんな話をすべきかわからなかった。ただ、失望というのだろうか？　今まで信じていたものが突然なくなったような、喪失感だけが頭の中でフヨフヨと浮いていた。

岡本さんは、凜さんのことを忘れても自分が幸せになれる道を見つけただけなのだ。それを責めるべきではないと思った。僕の選んだ道だって、幸せになれないと決められているわけではない。今はただ、自分の決めたことをやりきる。それしかないのだと、あの暖かい冬の隙間で思ったのだった。

*

凛さんを生きる希望にしていたのは、いつからだっただろうか。僕は彼女と過ごした駅のホームでの会話を、何度も脳内で再生していた。凛さんはいつも優しくて、やわらかい匂いがした。話す内容はおもしろかったし、好きなものがいっぱいあって、羨ましかった。デートは駅のホームでしか実現しなかったけれど、それで十分だった。それ以上を望むと、バチが当たる気がした。二人で話せる時間があれば、それだけでもう僕は幸せだった。変わり映えすることはあまりなかったけれど、それが心地良いと思っていた。

凛さんは一度だけ、僕に御馳走《ごちそう》してくれたことがあった。もちろん、レストランに行ったわけではない。舞台は変わらず、駅のホームの上だ。

その日、凛さんは「家の近くの精肉店で売っているコロッケが美味しすぎて」と、わざわざコロッケを二つ買って、僕にくれたのだった。寒い日に二人で食べるコロッケは、本当に美味しかった。雪山で食べるカレーとか、海の家で食べるラーメンとか、高速道路のサービスエリアで食べるホットドッグとか、そんな風な「ふつうの特別」が、そのコロッケにはギュッと詰まっていた。食べながら涙が出そうになった。大袈裟でもなんでもなく、世界で一番好きな食べ物が、コロッケに変わった瞬間だった。

夢中で頬張っていたら、衣が右頬についたみたいだった。凛さんはそれを小指で優しく取ってくれた。

あの時が、一番二人が近づいた瞬間だった。

僕はそれを思い出して、自分の右頬を、小指で触った。


ベランダに出ると、冷たい空気が一気に肺にまで潜り込んで、体が一つの針になったように、キンと冷たく張り詰める。遠くにゴミ処理場の煙突が光っていて、あとは低階層のマンションの明かりが不規則に輝いていた。

八年間毎日読み続けた脚本を、陶器の平皿の上に置く。そこに油を垂らすと、凛さんの書いた脚本は、どこか艶《なまめ》かしい輝きを見せた。僕はその本自体が凛さんみたく思えて、このまま、ページを一枚ずつ破って、食べてしまうのもいいと思えた。

しかし、万が一のことがあって、体内から発見された際には、凛さんの存在が明るみに出てしまうことになる。

この事件は、今となっては僕と凛さんだけの秘密なのだから、誰にもバレてはいけないんだ。

僕はクシャクシャにくたびれた脚本に、ライターの火を近づけた。

A「初心者のドライバーがね、間違えて轢《ひ》いちゃったことにすればさ。誰も意図的だとは思わないんじゃない？」
B「そんなのすぐバレそうだし、轢いたら結局、捕まるだろ？」

A「いや、捕まったところで、罪自体は軽いと思うんだよ。だって、わざとじゃないんだから」

B「数年牢屋に入るだけで済むなら、安いもんってこと？」

A「そうそう。だって、絶対に、自分たちの手で裁きたいじゃん。他のやつになんか、邪魔されてたまるかって感じじゃん」

B「お前、怖いわ。そんな簡単にうまくいくとも思わないし」

A「できるんだよ。知らないんだよ、君は。人を殺せる人って、いるんだよ」

B「他の人とか巻き添えで轢いちゃったら、洒落になんねーぞ？」

A「大丈夫だよ。きっと釈放されたばかりの前科持ちなんて、夜中の人通りの少ないところしか歩けないもん」

B「じゃあ、何？　出所してすぐの夜に、狙うってこと？」

A「そうそう。たまゆらだ」

B「たまゆら？」

A「一瞬、とか、束の間ってこと。その一瞬のために、今から準備する。何年もかけて、情報を集めて、あとは、免許だな。ちょうど犯行日の二週間前くらいに、しれっと取得できるように調整しなきゃ。初心者マークが大事だよな」

B「そんな、簡単なもんなのかね」

A「まあ、やってみるよ。あとは」

B「あとは？」

A「この、復讐したいって思うほどの怒りがさ、時を超えられるかどうかだよ」

端の方から燃えていく脚本に、手を合わせる。

煙によって天に昇っていく様子は、送り火のようにも思えた。

ようやく、何かから解放される。

そんな微かな喜びが、内側から湧き出てくるのを感じた。

「凜さん、行ってきます」

最後まで脚本が燃え尽きるのを見届けて、僕はレンタカーの鍵を、強く握り締めた。

14. 夜の恋は

「音色くん?」

レコーディングが思うようにいかなくて、外の風に当たろうとスタジオのエントランスを抜けたところだった。大通りにロケバスが停車していて、ヘアメイクやスタイリストのアシスタントが忙《せわ》しなく荷物を運んでいた。中から誰が出てくるのだろうとぼんやり眺めていたら、横から女の人に声をかけられた。

その声に、確かに聞き覚えはあった。音色さん、じゃなくて、音色くん。近い距離の人だ。でも、誰かをすぐに思い出せない。レコード会社の人か、事務所の人か、ライブハウスのスタッフか、それとも距離感を間違えたファンか。思い出せないまま「あ、どうも」と曖昧に返事をしたら、すかさず二の腕をぽんぽんと叩かれた。その軽率なボディタッチで、思い出す。

「あ、早苗さん?」

「わ、よかったあ! 忘れられたかと思ったじゃんー」

急に距離を詰めてくるこの感じ。広い額をアピールするようにわけられた前髪と、涼しげな吊り目。笑ったときの顔が印象に残る大きな口。

改めて見ると、以前よりふくよかになった気がするが、間違いなく早苗さんだった。

「うわー、めちゃくちゃ久しぶりじゃないですか！　え、いつぶり？」

「いつぶりだろ？　こないだのフェスで、ちょっと挨拶したのが最後？」

「え、あれ、いつだ？　もう四年前とかじゃない？」

「わ、もうそんなに経つ？　早いなあ。相変わらず活躍してるねえ、ブルーガール」

活躍。確かに早苗さんと最後に会ったあのフェスの時期が、ブルーガールの人気のピークだった気がする。ただ、どのバンドにも旬はある。あの夏から比べると、おれたちも世間から少しずつ、注目されなくなってきている。今だってなかなか曲ができず、行き詰まっているからこそこうしてサボっていた。

「早苗さんも、元気ですか？」

自分の話題は極力避けたくて、何気なく話を振ってみたが、少し考えれば、早苗さんが元気じゃないことは明らかだった。

「って、元気なわけないっすよね」慌てて誤魔化す。早苗さんは困惑気味な笑顔を浮かべて、

「まあね」と言った。

宮部さんがワゴン車に轢かれて死んだのは、つい二週間前のことだった。ワゴンを運転していたのは免許を取得したばかりの青年で、運転練習のためにレンタカーを借りて、夜道を走っていたという。市街地だったせいか、ライトをつけ忘れたまま走行しており、暗い道路を横断

していた宮部さんを、真横からノーブレーキで轢いた。宮部さんは走行中の車体に巻き込まれ、そこから約二キロ近く、アスファルトに引き摺《ず》られ続けたらしい。体の一部は四散し、警察が駆けつけた頃には、本人と判別できないほど無残な姿だったという。ドライバーは「何かにぶつかった感覚はあったが、風の強い夜だったし、まさか人を轢いたとは思わなかった。もしも人間だったらと思うと怖くなり、止まることができず、そのまま走り続けた」と供述した。あくまでも事故だったと主張しているらしいが、本当に過失による事故と取るか、故意の危険運転と取るか、判断は難しいところだった。衝突した現場付近に防犯カメラはなく、工業地帯につき、住宅も少ない。目撃情報もゼロのままで、捜査は難航しているらしかった。

「ニュース、いまだにやってますもんね」

早苗さんから煙草を一本貰って、二人で煙を追った。久々の煙草に、脳が喜んでいる気がする。

「ハラスメントとか殺人とかでニュースに出たときは大バッシングされてたのにさ。本人死んだ途端に〝孤高の天才〟とかテロップ付けてんだよ？　びっくりしちゃった。マスコミは相変わらず、数字取るためなら犯罪者でも死者でもなんでも使うんだよね」

きっと、たくさん泣いたんだろう。早苗さんが疲れた顔をしていることに、煙を吐く姿を見てようやく気付いた。

早苗さんは、本当に宮部さんのことが好きなのだと、これまで何度か思わされる瞬間があった。初めて会ったときは、宮部さんと作った『City』について知りたかったから俺たちのライブに来ていたし、その打ち上げでも酷く酔っ払いながら、何度も宮部作品の魅力を力説していた。宮部さんの部屋の写真が流出してしまった時は、自殺未遂をして康介がずっと付き添っていたし、宮部さんが逮捕されてから不眠症が続いていたことも、康介から聞いていた。

「アタシね、アタシが宮部さんの写真を流出させる原因になったこと、結局、本人に言えなかったよ」

「いや、あれは、おれらが悪いっす。ごめんなさい。でも、そもそも、連絡する機会はあったんですか？」

早苗さんは、宮部さんのマンションを飛び出してからは、できるだけ宮部さんから距離を取るように生きていた。その話も、何度か聞いていた。

「一度だけね？　宮部さんが炎上した後に、電話が、突然鳴ってさ」

早苗さんが吐く煙草の煙は、真っ直ぐに伸びたかと思うと、途端に空気中に溶けた。

「それで、会って、話せたんですか？」

「アタシも、自分のやったことを謝りたかったのに、宮部さんは、本当にすまないって、ずっと電話口で謝って、それで、一方的に切れて、おしまい。それ以降は、結局どこにいるのかも、わかんなかった」

早苗さんなら、本気を出せば宮部さんの居場所を見つけられたのだろうなと、おれは思った。でも、この人はわざとそうしなかったんだ。それが正解だと信じて、早苗さんは宮部さんのいない人生を送ろうと、きっと覚悟を決めていたんだ。

「あの時、ちゃんと宮部さんを見つけだして、アタシと一緒にいたら、何かが変わってたのかなあとか、考えちゃうよね。どうしてそんなに、あの人にハマってたのか、自分でもわかんないんだけどね。さんざん嫌なことされたし、アタシも酷いことしちゃったのに、それでも傍にいてあげたかったって、今更ながら思うんだよ。人間として、社会的に排除されるべき人だったのかもしれないけどね。アタシだけは、ずっと応援してあげられると、心のどこかで思ってたんだ」

　まさか犯罪者に寄り添いたいと願う人生になるとは思わなかったな。と、早苗さんは笑いながら言った。おれはそんな彼女にかけられる言葉はどこにあるのかと、必死に脳内を探した。

「そもそも、自分がいつ加害者とか犯罪者になるかも、わからない人生じゃないすか」

「うんうん」

「なのにみんな、よく正義背負って、赤の他人に石投げようと思えますよね。自分は道を踏み外さないって、そんな自信が、よっぽどあるんだろうなって」

「ホント、そうだよね。わかる」

　横顔を見て、自分の知っている全てを、早苗さんに話してしまいたくなる。凛ちゃんのことも。宮部さんのことも。松田英治のことも。そんなことをしても、誰も救われないとはわかっているのに。

「おれにも、そのくらい好きだって思える人がいました」

代わりに伝えた言葉は、毒にも薬にもならないもので、恥ずかしくなる。

「へえ、結婚した奥さんじゃなくて？」

「いや、誰もが人生で一番好きな人と結婚できるわけじゃ、ないじゃないすか」

「へえ、深い。さすがヴォーカル」

「いや、またバカにして」

　いろいろ、複雑すぎるのだ。おれは今でも凜ちゃんが好きで、でも凜ちゃんは、宮部さんに殺されていて。その宮部さんを、凜ちゃんの脚本に沿って英治が殺している。この連鎖は、どこで断ち切れるのだろうか。

　半袖シャツ一枚で外にいると、さすがにまだ肌寒い。防音が完璧になされたスタジオに一日こもっていると、別世界に切り離されたように体がデタラメになっていく。たまらず身震いしていると、早苗さんは「軽く飲みに行こうよ」と、おれを誘った。

「いや、まだレコーディング中なんですけど」

「え、そうなの？　サボってんのかと思ってた」

「いや、サボってんだけどさ」

　笑いながら、どうせ今日は徹夜なのだから、アルコールさえ入れなければいいかと開き直る。今は俊彦のベースを録っているから、その間は同じリズム隊の玄也に任せておけるし、康介のレコーディングが始まる頃に戻れば、おそらく問題ないはずだ。

　おれはスタジオに戻るなり、小一時間夕飯を食べてくると、メンバーとエンジニアさんに伝えた。とくに腹を空かせていそうな康介が不機嫌そうな顔をしたが、無視して外に出た。

平日の夜の繁華街は会社帰りのサラリーマンが大半を占めていて、たまに学生と思われる若い人や外国人、保育園のお迎え帰りの親子などとすれ違う。片道三車線の国道の上空を、首都高が塞いでいて、そのさらに上には、旅客機がチカチカと点滅しながら飛行していた。街に静寂が訪れることはない。人が一人死んでも、誰かがネット上で炎上していても、都市は変わらず機能し、動き続ける。

スタジオから五分もかからないところにある個室の居酒屋に入ると、早苗さんはいきなり日本酒を頼んだ。俺は初対面の時のめちゃくちゃに酔っぱらった早苗さんを思い出して、ああなったら困るから程々にしてくれと、笑って忠告した。

「あ。音色くんさ、宮部さんのお通夜、来なかったよね」

ドリンクと一緒に出し巻き卵やぶり大根を頼んだ直後、早苗さんが言った。別に怒ってるわけじゃないよ、という雰囲気が必要以上に感じられて、逆に酷く怒られている気がした。

「ああ、うん。行きたかったんですけど、すみません」

どのように濁すか悩んで、結局歯切れの悪い返事になる。別に悪いことはしていないのにだ。

「宮部さんと、うまくいってなかったから?」

「え?」突然直球の質問が飛んできて、構えることも忘れてしまった。早苗さんはそのまま第二球を投げた。

「『City』のミュージックビデオ、宮部さんと揉めたでしょ？　その時のアレコレが原因で、お通夜も来なかったのかなって」

淡々と話す早苗さんの目の端が、充血していた。怒っているようにも、何かを疑っているようにも見えた。おれはできるだけいつもの調子でいようとした。でも、いつもの調子がどんなものか全くわからなくなった。

「確かにあの時は揉めてましたけど、でも、『City』ってもう、十年以上前ですよ？　さすがにそんな長い時間、俺、憎んでいられないっすよ」

笑いながら答えてみたが、笑うシーンではなかったかもしれない。実際、早苗さんの表情は決して笑ってはいなかった。

「じゃあ、そっちじゃなくて」

怖いと、率直にそう思った。その怖さは、松田英治が宮部さんの話をするときに似た、異常な執着心による怖さだと思った。早苗さんは世間話をするように言った。

「岩崎凜さんを殺した宮部さんを、心の底から恨んでるから？」

隣の個室に団体客が案内されたみたいだった。学生の集まりのようで、店内が急にうるさくなった。その音がただただ鬱陶《うっとう》しく、静かすぎるこの部屋との高低差に耳が痛かった。

「音色くん、岩崎凜さんと付き合ってたんでしょ？」

「ああ、まあ、ええ」

「元カノが殺されたら、憎くない？」

早苗さんが取り分けてくれたぶり大根が、偽物みたいに光沢を放っていた。プラスチックでできているように見えたそれに、早苗さんはかぶりついた。

「だから、宮部さんのお通夜、来なかったんでしょ？」

最初からわかっていると決めつけた話し方だった。俺は不快感を隠さずに答えた。

「そこまで知ってたら、わざわざ聞かなくてもよかったんじゃないすか」

「ごめんごめん、そうだよね」と謝罪しながら、早苗さんは続けた。

「でも、聞いておきたくて。あと一個だけ、いい？」

まだあるのかと思った。断りたかったが、俺が返事をする前に、早苗さんは質問を重ねた。

「音色くんは、松田英治と繋がっていたりしないよね？」

今にもパーテーションを突き破ってきそうな勢いで、隣の学生たちの乾杯の声が響き渡る。ひたすらに煩《うるさ》かった。早苗さんは、もう空っぽになっていたはずの冷酒のグラスにまた口をつけた。あっという間に二合ぶんの酒が、なくなっていたことに気付いた。

きっと早苗さんは、こうやって毎日たくさんのお酒を飲みながら、悲しみを鈍らせて、憎しみを生み出しているのだと思った。

「早苗さん」

おれは祈るように言った。

「宮部さんについて、おれが力になれることは、何もないです」

二人で店を出ると、ミストサウナのように細かな霧雨が、街を覆っていた。街灯に照らされた雨は世界の輪郭をぼかしていて、街は優しく、静かに輝いていた。近くにあったコンビニに寄って、傘を買った。それを早苗さんに渡すと、笑顔で受け取ってから、早苗さんはおれを抱きしめた。

「音色くんって、たまに宮部さんみたいな顔するよね」

「それって、無表情になってるってことですか？」

耳元でクスクス笑う早苗さんの声が聞こえた。せっかく傘を渡したのに、屋根のない路上にいたおれたちは、もう雨に濡れていた。

「アタシね、もしも、宮部さんの死んだ理由が事故じゃなくて、事件だってわかったらね」

早苗さんの首元から甘い匂いがした。アルコール混じりの吐息のせいで、どこかエロい印象もあった。

「きっと犯人を許さないと思う。何年も恨み続けて、絶対に忘れないようにしちゃうと思う」

巻きついていた腕に、ギュッと力が加わった。縛られている感覚が心地良くて、不思議な気分になった。

「そうやって、恨むことでね、宮部さんのことを、ずっと好きでいられる気がするんだ。好きにならずにいたかったなあって思いながら、それでもずっと、好きでい続けてあげられる気がするんだ」

さらさらと降り続ける雨が、少しずつ服や髪を濡らしていた。このまま早苗さんや松田英治の心まで、濡らしてほしいと思った。誰かを喪失したときに、自分を丸ごと見失える二人がどこか羨ましかった。おれは、誰の葬式に行っても泣いたことがなかった。きっと、これからも自分はそうやって、他者の死をうまく受け入れられないまま生きていくのだろうと思った。渇いているのは自分の心なのだろうか。松田英治は、今、どうしているだろうか。早苗さんは、雨に紛れて、静かに泣いていた。

「康介、フレーズが浮かばねえって泣いてるぞ」

玄也から連絡があったのは、早苗さんと別れてすぐだった。康介はギターのフレーズをいつもおれと一緒に考えているから、レコーディング中に一人になると、途端にメソメソと弱音を吐き出す。今回もその時間が来たらしい。リズム隊の俊彦と玄也は、自分たちの出番が終わった途端に他人行儀だ。おれは子守りに帰る気分で、スタジオへ急いだ。

雨に濡れた国道は、車のテールランプや飲食店のネオンが地面に反射して、いくつもの色を放っていた。空気中の汚れが雨に流れていくのだろうか、なんだかいつもより呼吸がしやすいようにも感じた。

横断歩道にさしかかると、じきに信号が青に変わるタイミングだったので、少し歩くペースを落とした。交差点の角にあるドラッグストアから、聞き覚えのあるメロディが流れてきて、耳を傾けた。

『City』だ。

俊彦のベースラインが目立つところが終わったばかりだ。街自体がうねりを持って変化していく様子を、どうにかベースで表現したいと当時のアイツが悪戦苦闘していたことを思い出す。ライブでもよく盛り上がるパートだ。

この曲も、今夜と同じスタジオで収録したのだった。きちんとした場所でレコーディングをしようと、金もないくせに奮発して、高いスタジオを予約したのだ。

凜ちゃんを家から追い出したのも、そのレコーディングの少し前だった。あの時のおれは、やっぱりどうかしていた。音楽に取り憑かれていたとか、音楽しか見えなかったとか、そんな格好いいものでもなんでもない。ただ自己中心的で、利己的な、野心とか野望とか未来とかそういった便利な言葉に甘えて縋《すが》り付きたかっただけのエゴイストだった。だから宮部さんの言葉を安易に信じて、全部捨ててでも『City』を完成させなきゃと焦っていたのだろう。

あの日、凜ちゃんはおれの赤いテレキャスターを投げて捨てた。一瞬、空に浮いたテレキャスターを見て、なぜかおれは、少し安心していたんだ。別に音楽をやめてもいいんだと、凜ちゃんに、そんな風に言われた気がしたから。

あれはもう、決定的に取り戻せない瞬間だった。もう全てが遅いのに、おれはいまだに、『City』を聴いたり演奏したりするたび、あの空に浮いたテレキャスターを思い出してしまう。結婚して、あのアパートから引っ越してしばらくたった今でも、あの日の凜ちゃんの嘔吐しながら泣いた顔が、頭をよぎってしまう。

凜ちゃんだけじゃない。おれが思い出すのは大抵、楽しかった記憶とかじゃなくて、後悔の記憶だ。あの時、ああしていれば良かった。あの時、ああしなければ良かったと、記憶を巻き戻してみては、選ばなかった方の人生を想像してしまう。どうしても輝いて見えるBルートを想像して、そっちの未来を願ってしまう。

おれが、凜ちゃんを抱きしめて、手離さなければ。

おれが、宮部さんにオファーを出していなければ。

おれが、早苗さんの携帯電話を手に持っていなければ。

おれが、宮部さんのマネージャーさんに大丈夫ですかと声をかけていれば。

おれが、松田英治に凜ちゃんの脚本を渡していなければ。

いや、そもそも、おれがあの小さな劇場で、凜ちゃんに出逢っていなければ。

そうしたら、誰も恨まず、誰も悲しまず、生きることができたのだろうか。

雨脚は少しずつ強くなってきていた。スタジオまであと少しなのに、その行手を阻《はば》むように風が強く吹いた。おれは横断歩道を渡りながら、後ろで流れている『City』のメロディを口ずさんでいた。いくつもの後悔を抱えたまま、それでも前に進んでいくしかないと思った。

＊

松田英治に関する続報記事が出たのは、それから約一カ月後のことだった。

ワゴン車に宮部あきらが轢かれた事故は、実は意図的だった可能性が出てきたと、あるネットニュースが小さな記事を出していた。宮部さんについて誰も話題にしなくなって、大物タレントのスキャンダルに日本中が夢中になっていた頃だった。

松田英治は取り調べで、ほとんどの質問に対して黙秘を続けていた。たまに答えるにしても「あなたたちにはわからない」と返していたそうだ。その記事を読みながら、おれの頭の中では、松田英治の事件ではなく、凛ちゃんの脚本が再び動き出していた。

それはまさにエンディングのシーンだ。事故に見せかけた殺人に成功して、検察の取り調べも全て終わろうとするところ。最後の最後に、検察官は改めて容疑者に尋ねる。

「私には、君が意図的に殺したとしか思えない。でも証拠は何もない。確かに君は免許を取ったばかりだったし、夜間にライトをつけ忘れるという初歩的なミスをしたことも、暗闇で歩行者に気付かなかったことも、初心者なら大いにあり得る話だと思う。何キロも引き摺って止まらなかったのは理解し難いけれど、パニック状態であれば、あり得なくもない。さらに、被害者との接点も、何一つ存在しない。だから、確かに『事故』であることは、合理的な事実として、認められる。でも、私には君が、被害者になんらかの恨みを持って確実に殺そうとしたと、そんな風にしか思えない。なぜそう思うか、わかるか？　君が、そういう目をしているからだよ。殺人に成功してせいせいしたと、清々しく思っているようにしか、見えないからだよ」

検察官はそう言ってから、犯人の目を改めて凝視する。今度こそ一つの嘘も見逃すまいと、強く強く見つめて、真実を探す。

「最後に聞くよ。本当に、偶然の事故であって、君と被害者はこれまで一切の関係がないし、殺した理由なんか、どこにもないんだよな？」

そこから、長い沈黙が訪れる。部屋にある掛け時計の秒針だけが、規則正しく時を刻む音を鳴らして、あとは何もかもが静止してしまったように、静寂が鳴り響く。このまま時間切れとなって、一人の人間の死が、ただの交通事故として片付けられて終わるかと誰もが思っていた。それならそれでいいと、検察官もあきらめかけていたくらいだ。

その時だった。黙秘を貫いていた犯人が、一言だけ、口を開いた。しかし、それがどんな因果で生まれた言葉なのか、どうして犯人が口にしたのかは、誰もわからない。事故は事件に切り替わるが、秘密が解かれることはない。犯人は一度だけ、黙秘を破って言った。

「それは、彼女と僕だけの秘密です」

本書はindigo la Endのアルバム『夜行秘密』をベースに、
著者が新たな解釈で書き下ろした作品です。

『夜行秘密』All songs written by 川谷絵音

indigo la End
川谷絵音
長田カーティス
後鳥亮介
佐藤栄太郎

装画　与
装丁　岡本歌織（next door design）
協力（株）ワーナーミュージック・ジャパン
企画　AOI Pro.（橋本寛人・守谷拓真）

カツセマサヒコ

1986年、東京都生まれ。大学を卒業後、一般企業での勤務を経て、2014年よりWebライターとして活動を開始。2020年刊行のデビュー小説『明け方の若者たち』（幻冬舎）は、東京に住む若者の何気ない日常や沼のような恋模様をリアルに描き、大ヒットを記録。映画化も決定している。東京FMでのラジオパーソナリティやファッション誌でのエッセイ連載など、活躍は多岐にわたる。本作が小説家デビュー第二作となる。

夜《や》行《こう》秘《ひ》密《みつ》

二〇二一年七月四日　第一刷発行

著者　カツセマサヒコ
発行者　箕浦克史
発行所　株式会社双葉社
〒162－8540
東京都新宿区東五軒町3－28
電話　03－5261－4818（営業）
　　　03－5261－4831（編集）
http://www.futabasha.co.jp/
（双葉社の書籍・コミック・ムックが買えます）

印刷所　大日本印刷株式会社
製本所　株式会社若林製本工場
カバー印刷　株式会社大熊整美堂
DTP　株式会社ビーワークス

ISBN978-4-575-24421-2 C0093